小学館文庫

浅草ばけもの甘味祓い

～兼業陰陽師だけれど、鬼上司と豆まきをします～

江本マシメサ

小学館

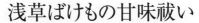

目次

第一章

鬼と陰陽師の拠点に
神様を祀っています！
（※ただし、元怪異）

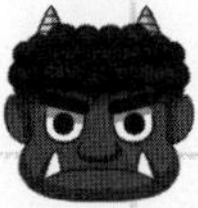

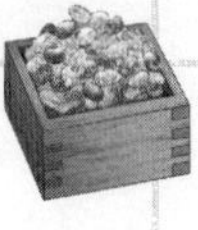

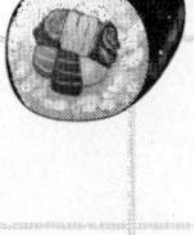

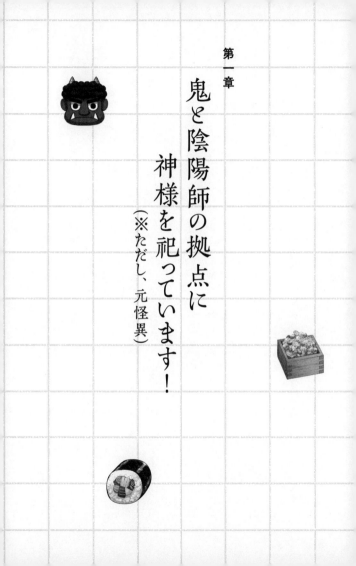

陰陽師《おんみようじ》を生業とする永野《ながの》家に生まれた私、永野遥香《はるか》は、会社員との二足のわらじを履く兼業陰陽師である。

陰陽師としてさほど実力がない私は、独自の技を用いて担当地域の秩序を守っていた。その方法とは、〝甘味祓《かんみばら》い〟という、邪気を散らす呪術をかけたお菓子を怪異に与えて大人しくするものだ。

退治するほうが簡単だが、私は怪異のすべてが悪い存在とは思っていなかった。邪気がなければ害を与えなくなるし、幼少期の話だが、迷子になった私を助けてくれる怪異もいたのだ。

目指せ共存、などという高い目標を掲げるつもりはないが、互いに損がなく、傷付けないように暮らしていきたい。そんなふうに考えていた。

しかしながら、日々コツコツと陰陽師としての活動を続けている私に、とんでもない災いが降り注ぐ。

勤めている会社にやってきた上司が、あろうことか〝鬼〟だったのだ。

ドラマや小説の世界で厳しい上司を鬼上司と呼んでいるが、リアルな鬼の上司が現れるとは夢にも思わなかった。

そんな鬼上司の名前は長谷川正臣《はせがわまさおみ》。京都支店から、浅草にある本店に異動してきた新しい係長だ。

鬼上司を初めこそ警戒していたものの、彼は怪異側の鬼ではなかった。むしろ、鬼の血を受け継ぐ長谷川家に生まれ、人でもなく、鬼でもなく、どちらにも属さないという狭間《はざま》で苦しんでいたのだ。

そんな彼と手を組み陰陽師業に勤《いそ》しむ中で、私の中で彼に対する恋心が花開く。

相手は上司だし、生まれ育った地や価値観さえ大きく異なる。しかしながら、奇跡が起こって私達《たち》は両想《りょうおも》いとなった。

幸せな気分に浸っているところに、信じがたい過去が明らかになる。

私と長谷川係長は平安時代からのご縁があり、私の前世は長谷川家の姫君〝はせの姫〟、長谷川係長は大鬼〝月光の君〟だったのだ。

ふたりは種族を超えた恋人同士だったが、はせの姫は殺されてしまう。

それから時が流れ――現代に。

私達は、時代を超えて再会したというわけだったのだ。

前世があるといっても、私は私だ。けれども、鬼である長谷川係長はわからない。もしかしたら今も変わらずはせの姫を愛している可能性があった。

不安に揺れる中でもうひとり、平安時代からのご縁がある者が現れた。桃谷絢太郎《ももたにあやたろう》――彼はなんと、桃太郎の生まれ変わりであった。前世での記憶が曖昧だった私に、桃谷君は「はせの姫を殺したのは月光の君だ」と囁《ささや》く。

恋人関係だと思っていたのに、なぜ月光の君ははせの姫を殺したのか。考えすぎるあまり、長谷川係長が私に近づいてきたのも、前世が絡んだ復讐《ふくしゅう》なのかもしれないと疑う日もあった。

けれどもそれは桃谷君の嘘《うそ》で、はせの姫の死因は別にあったのだ。月光の君が討伐されそうになった瞬間、はせの姫が彼を庇《かば》ったのである。はせの姫を切り裂いたのは、鬼退治にやってきた桃太郎の刀だった。

なんでも私達の仲むつまじい様子を見て、関係を引き裂きたくなってしまったらしい。いい迷惑である。

一方で、長谷川係長は前世の記憶に引きずられることもあったようだが、月光の君と今の自分は別の存在であるとはっきり言ってくれた。

過去は過去とし、現代に転生した私達はまっすぐ前を向いて生きていこう。

そう希望を抱いたのだが、まさかの事件に巻き込まれる。

浅草の町を突如として襲った事件――それは古代中国より生き長らえる九尾の狐《きつね》が起こしたものだった。

中国、インド、日本と各地を転々としていた九尾の狐は、殺生石に転じて自らの身を守っていた。

そんな九尾の狐が力を取り戻そうと、浅草の地へやってきたわけである。

九尾の狐は長谷川係長に取り憑《つ》き、暴飲暴食を繰り返す。

異変に気づいた私は、さまざまな手を尽くして九尾の狐を長谷川係長の体から追い出そうとした。

私の母は代々神職を務める実家の父親を頼り、父は霊験あらたかな永野家に伝わる木札を用いて九尾の狐を封じ込めた。

ただそれは完璧なものではなかった。九尾の狐を子狐の姿にして力を押さえ込むことしかできなかったのだ。

どうしようかと悩んだ挙げ句、私達は九尾の狐を神様として崇《あが》めることに決めた。

長谷川係長の部屋に神棚が設置され、九尾の狐改め九尾神を祀《まつ》った。

これからどうなるのか、わからない。平和な日々が続きますように、と祈るばかりであった。

◇◇◇

外は雪がちらついていて、肌に冷たさを感じる毎日である。

社員旅行に行ったり、九尾の狐に襲われたりと、さまざまな出来事があったが、やっと整理がついて、今はのんびりと過ごしていた。

長谷川係長の謎の体調不良によって開始された同棲《どうせい》生活だったが、現在も続いていた。というのも、そこにはとんでもない事情があって……。

九尾神は私が作る料理を対価に、浅草の町を守ると約束した。そのため、神棚がある長谷川係長の部屋に私がいちいち通うよりも、このまま住んでいたほうがやりやすいのではと助言してくれたのだ。そのお言葉に甘える形で、同棲生活を継続しているわけである。

長谷川係長のオシャレなリビングには祭壇がどっかりと鎮座し、お喋《しゃべ》りな九尾神が常に話しかけてくる。

九尾神は元九尾の狐で、怪異だったが改心して神様となったのだ。

私が作るお菓子や料理が大好物で、毎日作って奉納するようにとせがんでくる。真夜中にお腹《なか》が空《す》いたと起こされたり、早朝に暇だと訴えられたり。九尾神に昼夜の感覚はなく、人間の赤ちゃんのように手がかかるのだ。まるで一児の母になったように感じてしまう。

甘い同棲生活とはほど遠い状況に、内心どうしてこうなったのかと頭を抱える毎日である。

と、このように私を取り巻く環境は激変していたが、以前と変わらず、陰陽師としての活動もしっかり行っていた。変化といえば、担当地域を見て回るのに長谷川係長が同行するようになったことくらいか。

一難去ってまた一難という毎日だが、長谷川係長と一緒ならばどんな困難でも乗り越えられるだろう。

今日も今日とて、甘味祓い用のお菓子を作る。本日挑戦するのは浅草名物、〝雷おこし〟。余ったご飯で作れる、とっておきのスイーツである。

まず天パンにクッキングシートを敷き、冷やご飯を広げていく。なるべく薄く伸ばすのがポイントだ。でないと、パリパリにならずにご飯の食感が残ってしまう。

オーブンレンジでお米の表面が乾燥するまで加熱したら、解《ほぐ》して油で揚げる。

黒砂糖と水飴《みずあめ》、塩、カラメル、バターを入れて煮詰めたものに、揚げたご飯と炒《い》ったピーナッツを加えて、しっかり絡めた。

最後に再びクッキングシートを敷いた天パンに広げ、冷蔵庫でしばし冷やす。

固まったところを切り分けたら、雷おこしの完成だ。

ここで甘味祓いの呪文をかけておく。これにより、口にしただけで邪気が祓えるようになるのだ。

雷おこしは小さい頃から大好物だった。ついでにひとつ味見してみる。

パリパリというよりは、ガリゴリと言えばいいのか。しっかり歯ごたえがあり、ピーナッツも入っているので食べ応えがある。ほどよい甘さが堪《たま》らない。

「うん、おいしい」

この雷おこしは二百年も前から浅草の地で作られていたらしいが、それ以前にも、千年前に刊行された書物にも記録が残っている。

おこしが日本にやってきたのは、なんと平安時代。中国から唐菓子として伝わったらしい。大変歴史のあるお菓子なのだ。

さらに、それよりも前の弥生時代にお米を蒸して固めたものや、奈良時代に干《ほ》し飯《いい》を蜜で固めたものが記録として残っている。

おこしは〝家を興す〟〝名を興す〟〝身を興す〟などの意味があり、立身出世を促す縁起がいいものとして古くから愛されていたようだ。

雷おこしについては江戸時代末期、失火により雷門が焼失したのをきっかけに、縁起物として売り始めたのが始まりだとか。雷おこしの売り上げで雷門を再建するため、浅草の露天商が一致団結していたという。

……と、このような起源や由来等には諸説があるようだ。

何はともあれ、お菓子に歴史があればあるほど、怪異に対する邪気祓いの効果は高くなる。この雷おこしの効果も期待したい。

完成した雷おこしは、明日の早朝に長谷川係長と担当地域に設置に行く予定である。

あらかじめ怪異が食べやすい大きさにカットしていたら、九尾神がやってきた。

『おお、なんともおいしそうな甘味だ！　なんという名なのだ？』

「雷おこしだよ」

九尾神の分として取っておいたものを捧《ささ》げたら、祭壇に置く前に台所でぱくぱくと食べ始めた。

『おお！　この雷おこしとやらはザクザクしていて、香ばしく、甘い！　馴染《なじ》みがある甘味だと思いきや、豆も入っていて斬新だ。ふむ、うまいな！』

お気に召したようで何よりである。

馴染みの味と言っていたのは、おこしが中国から伝わったからに違いない。たぶん、似たようなお菓子を食べた記憶が残っているのだろう。

『これを怪異にくれてやるのはもったいないな。どれ、怪異など、我がすべて食い尽くしてやろうか？』

「いやいや、それはちょっと、止《や》めていただきたい……」

怪異を悪と決めつけない陰陽師である私は、退治をよしとしていない。お互いに干渉しないまま、平和に暮らしていくのが理想である。

それに、九尾神が怪異を取り込んだら悪影響を及ぼしそうだ。今後を考えると、怪異退治なんてさせるわけにはいかない。

そんな裏事情があるので、九尾神には余分に作った雷おこしを食べつつ、家で大人しく留守番していてくださいとお願いするばかりであった。

休日の朝、長谷川係長と共に担当地域を回るために早めに起床し、寝ぼけ眼の状態で家を出る。

冬の朝は空気がキンと冷えて、風が吹く度に身震いしてしまう。けれども、静かで落ち着いた空気感は嫌いではない。

長谷川係長と寒い、寒いと言いながら、薄暗い中を歩いていく。

路地裏を覗《のぞ》きこんでも、以前のように怪異の姿を目撃することはない。九尾神が神様を始めてからというもの、町に怪異が少なくなったからだ。それはご加護というよりは、九尾の狐だった時代に食べ尽くしていたからなのだけれど。

「綿埃《わたぼこり》君も、いなくなっちゃったな」

私の呟《つぶや》きに、長谷川係長が反応する。

「綿埃君って、永野さんが愛着を持っていた、無害な怪異？」

「ええ、そうです。黒くて、フワフワしていて、可愛《かわい》かったのですが」

綿埃君に関しては、長谷川係長と出会ったあたりから見かけなくなってしまった。

臆病な感じだったので、鬼に恐れを抱いて他の場所に逃げて行ったのかもしれない。

「綿埃君、元気かな」

「怪異の消息を気にする陰陽師なんて、たぶん永野さんくらいだよ」

「ですよね」

昨晩こしらえた雷おこしを、路地裏の目立たない場所に設置した自動給餌器に入れる。

これは義彦《よしひこ》叔父さんが、甘味祓いで怪異と共存を目指す私のために作ってくれた代物だ。怪異が近づくと、自動的にお菓子が出てくるという仕組みである。

義彦叔父さんも怪異と共に生きる道を探っているようだが、仕事が忙しくなかなか実行できていない状況らしい。

怪異は退治すべきだという考えを持つ永野家の中で、私や義彦叔父さんは異質な存在だ。

だからこれに関しては大々的に主張しているわけでなく、ふたりともこっそり行っていた。

私達は揃《そろ》って、長いものに巻かれるタイプなのだ。

甘味の設置が終わると、周囲が少しだけ明るくなってきた。もうすぐ日の出の時刻だろう。

「永野さん、帰ろうか」

「そうですね」

本日の陰陽師の仕事は以上となる。背伸びをした瞬間、空腹感を覚えた。

「永野さん、朝食に食べたいものはある？」

「うーん、オムレツとか」

「じゃあ、頑張って作ろうかな」

「楽しみにしています」

　同棲生活をするにあたって、家事の分担はきっちり分けていた。長谷川係長は休日の食事担当なのである。

　朝から長谷川係長お手製の食事をいただけるなんて、幸せとしか言いようがない。満たされた日々を送っているのだった。

◇　◇　◇

　楽しい休日はあっという間に過ぎ去り、月曜日となる。

　一週間頑張ろうと気合いとともに出勤したのだが、席に着いた途端、大きな欠伸《あくび》をしてしまった。

　それを隣の席の後輩、杉山《すぎやま》さんに目撃されてしまう。

「永野先輩、寝不足ですか？」

「あ、うん。ちょっと朝早くに目が覚めてしまって」

先ほど起こった出来事を、遠い目で振り返ってしまった。

今から三時間も前に、私は九尾神に頬を肉球でぱちん、ぱちんと叩《たた》かれ、『お腹が空いた！』と起こされたのだ。

時刻は朝の五時。本当に、赤ちゃんのように手間がかかる神様である。

長谷川係長が九尾神に、「人間は夜から朝まで眠る生き物で、もしも夜間に用事があるなら、永野さんではなく、俺を起こしてほしい」と訴えたのだが、たまに私を指名してくるのだ。

なんでも今日は、パンケーキが食べたかったらしい。眠い目を擦《こす》って、のっそりと起き上がる。

九尾神は弾む声で『正臣もぱんけーきは作れるが、我は遥香が作る、〝ふあふあ〟なぱんけーきが食べたいのだ！』などと可愛らしく訴えてきた。

厳かな喋りをしていた九尾の狐だったが、体が小さくなった影響だろうか、喋りが幼くなっている。私達に対しても敬語は堅苦しいからと、禁止されてしまった。

威厳は半減したが、それでいいのかと自問する日々である。

外はまだ真っ暗で、朝とは言えない。この先、この時間帯に起こされたら日中の仕事に支障が出る。

しっかり朝について説明したのだが、『さっき、〝てれび〟で、おはようございます、朝です!　と言っていたぞ』と返されてしまった。

どうやらニュース番組を見て、朝だと確認したらしい。

長谷川係長が以前、九尾神に「明るくなったら朝だよ」と教えていたのだが、テレビ局の朝のニュースを熱心に視聴した結果、認識を改めてしまったようだ。

眠い目を擦りつつパンケーキを作ろうとしたのだが、材料がなかった。

「ご、ごめん。パンケーキの材料、切らしていたみたい」

『なんだと!?』

パンケーキに似た、スフレオムレツだったらどうかとお伺いを立てる。

「スフレオムレツもおいしいよ」

『むう……まあ、そこまで言うのであれば』

「よかった」

帰ったらパンケーキを作る、そんな約束をし、オムレツ作りに取りかかる。

卵白を泡立てて作るオムレツなのだが、長谷川係長はまだ眠っている。電動ミキサーを使ったらうるさいだろう。なんて考えていたら、背後より声がかかった。

「永野さん、どうしたの？」

「——ッ!!」

振り返った先にいたのは、長谷川係長であった。起きてすぐにやってきたのか、目がショボショボしていた。髪も整えていない状態で、隙だらけだ。

こういう状態なのに、普段よりも色気が増すのが謎である。イケメン、恐ろしや……と改めて思ってしまった。

「すみません、起こしてしまいましたか？」

「ん、大丈夫。今日は、早く起きようと思っていたから」

なんでも九尾神に、視聴できるチャンネルを増やすように頼まれていたらしい。なんというか、お祀りするのにお金がかかる神様である。

「私はその、九尾神からパンケーキを作るように命じられまして」

「永野さんじゃなくて、俺を起こすようにと言っていたのに」

長谷川係長から、ふつふつと沸いた静かな怒りが伝わってくる。

じわり、と黒い邪気も生じてきた。

このままでは長谷川係長の体に負担がかかる。すぐに邪気祓いをせねばと思ったが、最近はお菓子を作ると九尾神に奉納しているので、作り置きのお菓子などなかった。

そうだ、と思いついた作戦を深く考えもせずに実行する。

邪気祓いの呪文を唱えながら、ぐっと背を伸ばす。そして長谷川係長の頬にキスをした。たちまち、邪気が散っていく。

長谷川係長は驚いた表情で私を見下ろしていた。

「え……今の何？」

「邪気祓いです。怒りの感情から、邪気を発していたので」

邪気はきれいさっぱりなくなっていた。大成功だったが突然だったので、長谷川係長は頬を押さえ、呆然《ぼうぜん》としているようだった。

長谷川係長の耳の辺りがほんのり赤く染まっているのに気づき、私までも恥ずかしくなってしまった。かなり大胆な行動だっただろう。慌てて謝罪する。

「あ、す、すみません。甘味祓いに使用するお菓子がなくって、このような手を使ってしまいました」

ちなみに、こういう方法で邪気を祓うのは生まれて初めてである。そう訴えると、長谷川係長にため息をつかれてしまった。

「できたら、他の人にはしないでほしいな」

「長谷川さん以外にできるわけありません」

「そう。よかった。その、ありがとう」

「いえいえ」

気まずそうな表情を浮かべていたので、どうかしたのかと尋ねる。

「いや起き抜けだったから、髭《ひげ》がチクチクしたんじゃないかって思って」

「いいえ、ぜんぜんわかりませんでした」

そんなことを気にしていたのかと、意外に感じてしまった。振り返ってみれば、起きたばかりの父は鼻下や顎に髭が目立っていたような気がする。長谷川係長は剃《そ》っていなくても、見た目だけでなく、触れても髭の存在感などなかった。生えても産毛みたいなやわらかい髭なのかもしれない。ムダ毛のお手入れは面倒なので、羨ましく思ってしまう。

長谷川係長は「顔を洗ってくる」と言って洗面所へと向かっていった。その背中を見つめていたら、視界の端に九尾神が映る。

『いちゃいちゃしていないで、さっさと作れ!!』

「は、はい!」

九尾神に急《せ》かされ、朝からオムレツを焼いたのだった――。

「永野先輩、本当に大丈夫なんですか？」

杉山さんに顔を覗き込まれ、ハッと我に返る。九尾神が巻き起こす事情を杉山さんに話せるわけがなく、適当に朝早く目覚めたあと、眠れなかったと説明しておいた。

「永野先輩、あまりにも辛《つら》いときは、仮眠したほうがいいですよ」

「うん、そうだね。限界がきたら、そうするよ」

仕事をしながら眠ってしまうのではと思っていたものの、忙しさが眠気を吹き飛ばしてくれた。

終業後、パンケーキの材料を買って帰宅する。マンションに到着するのと同時に、母から電話がかかってきた。そこでハッと気づく。九尾神の訴えは、夜泣きをする赤ちゃんと似ている。子育て経験者の母ならば、何か対策を知っているかもしれない。

長谷川係長の部屋には九尾神がいるので、自分の家に入る。そこで、母からの電話に出た。

「もしもし、お母さん？」

『遥香？　今、大丈夫？』

「うん、平気」

なんでも母は九尾神と上手《うま》くやっているか心配し、電話をかけたのだと言う。

「まあ、大きなトラブルはないんだけれど」

『こまごまとしたことがあるのね？』

「うん。その、九尾神が朝早くに起こしてくるんだけれど、どうすればいいと思う？」

『あなたも赤ちゃんの頃は、朝早く目覚めさせてくれたわー』

「うっ、その節は、大変お世話になりました」

やはり九尾神は赤ちゃんのようなものだと思って、日夜お世話をしなければならないのか。

『赤ちゃんは言葉なんて通じないけれど、九尾神は通じる相手だから、こちらの事情もしっかり伝えないとだめよ』

「そうだよね」

伝わるといいなと思いつつ、母との電話を終えた。

長谷川係長の部屋に戻ると、九尾神が熱烈な歓迎をしてくれた。

私の周囲でぴょんぴょん跳ねながら『ぱんけーき！　ぱんけーき！』と繰り返す。

胸に飛び込んできた九尾神を抱き上げ、「よーしよしよし」とあやしておく。

九尾神の毛並みはふかふかで、触り心地は抜群だった。

頬ずりしそうになった瞬間、冷静な指摘《つっこみ》が飛んでくる。

『おい遥香、お前、それ、神様だからな』

私を注意するのは、ハムスター式神のジョージ・ハンクス七世である。私と契約関係にあって常に一緒にいるが、今は九尾神の監視のため、留守番組となっている。

『おい、九尾神！　遥香が困っているだろうが！』

『我もパンケーキが食べたくて、困っていた！』

きちんと材料を買ってきたと言うと、九尾神は嬉《うれ》しそうにくるくる跳ね回る。

『まったく、遥香は帰宅したばかりだというのに。あいつ、言いだしたら聞かないんだよな』

朝、九尾神がやってきたとき、ジョージ・ハンクス七世は『おい、遥香は昼行性だぞ！　今の時間は眠っているんだ！』と声をかけ、注意してくれたらしい。

けれども九尾神から『我は神ぞ！』と返され、何も言えなくなったようだ。

『神という言葉に対して、言葉を失ってしまった。ふがいない』

「ジョージ・ハンクス七世、大丈夫だよ。気にしないで」

九尾神にテレビを観《み》て待っていてほしいと頼むと、『うむ！　いいこにしているぞ！』と言って踵《きびす》を返す。

ため息をほんのちょこっと零《こぼ》したあと、ぐっと背伸びをする。パンケーキ作りを頑張ろうと気合いを入れたのだった。

九尾神は長椅子に寝転がり、録画していた戦隊物を観ている。時折、『いいぞ、そこだ！』と応援をしていた。

リビングに置かれているマガジンラックを寝床にしていたモチオ・ハンクス二十世が『うるさい』と抗議する。もちろん、九尾神は聞く耳なんて持っているわけがない。

モチオ・ハンクス二十世は小さな枕を脇に挟み、私の部屋のほうへてくてくと歩いていった。向かった先には犬猿の仲であるジョージ・ハンクス七世がいるものの、それよりも静かな睡眠を取りたいのだろう。

ちなみにモチオ・ハンクス二十世は父のハムスター式神で、私と長谷川係長の同棲を監視するためにここにいる。

しかしながら、すでに長谷川係長とはタブレットでのアニメ視聴と引き換えに、何をしても報告しないという協定（?）が結ばれていた。

九尾神を迎えているので、甘い雰囲気になんてぜんぜんならないのだが。

まあ、いい。この状態も今だけだろう。

というのも九尾神の祭壇は仮置きで、後日、きちんとした場所に設置しようという話になっているから。どこに置いて誰が管理するのか、というのは未定ではあるが。

母が、宮司を務めている祖父に相談しているようだが、すぐに決められる話でもないだろう。

いずれは神職関係者のもとで面倒を見ていただきたい。神への信仰や祀り方に関しては、素人の私達が抱えきれる存在ではないのだ。

ふいに視線を感じたので顔を上げると、目の前に浮遊する九尾神の姿があった。悲鳴が出そうになったが、寸前でごくんと呑《の》み込む。

『まだ、できていないのだな』

「い、急いで作ります」

『ます、だと？』

うっかり敬語を使うと、ギン！と睨《にら》まれてしまう。ぺこぺこ頭を下げつつ、「急いで作るね」と言い直した。

『〝なるはや〟で頼むぞ』

「わかった」

テレビの影響で現代の若者語を習得しつつある九尾神であった。

エプロンをつけ、軽く腕まくりする。帰宅後の時間は一秒たりとも無駄にしたくない。すぐに調理に取りかかる。

最初に卵を卵白と黄身に分ける。続いて卵白にグラニュー糖を加え、電動ミキサーでフワフワになるまで混ぜていく。それを角が立つまで泡立てメレンゲにする。

黄身はしっかり攪拌《かくはん》させたあと、牛乳、小麦粉、ベーキングパウダーを追加。これに先ほど完成させたメレンゲを入れて、ふんわりと木べらで混ぜ合わせるのだ。

調理を進めていくうちに、長谷川係長が帰ってきた。

「おかえりなさい」

「ただいま」

思いのほか早い帰宅だった。パンケーキどころか、夕食さえもできていない。

どうしようと内心あたふたしていたら、思いがけない言葉がかけられた。

「俺が夕食を作るから。永野さんは九尾神のパンケーキをお願い」

「え、いいんですか？」

「もちろん」

手が離せないので非常に助かる。心から感謝した。

「ちなみに和食と洋食、どっちがいい？」

「和食が食べたいです」

「もしかして、あっさり系がいいのかな？」

「その、そちらのほうが助かります」

寝不足が祟《たた》り、体が本調子ではない。こってり系よりも、あっさりとした料理を体が欲しているような気がした。

「食欲はある？」

「はい。あると思います」

「わかった。じゃあ、何か食べやすいものを考えてみるよ」

夕食は長谷川係長に任せ、私はパンケーキの生地を焼こう。仕上げはホットプレートで行う。夕食を作る長谷川係長の邪魔にならないよう、リビングのテーブルで焼くのだ。九尾神がソファからテーブルに跳び乗り、ホットプレートを覗き込む。

『遥香、ぱんけーきはできたのか!?』

「今から仕上げだよ。待てば待つほどおいしくなるから、もうちょっと待ってね」

『おおお！』

まずはホットプレートを温め、油を広げる。続いてパンケーキの生地をたっぷり落として焼いていく。蓋をして、しっかり火を通す。生地が分厚いので大事な工程なのだ。

九尾神は興味津々とばかりに、ホットプレートの周囲をぐるぐる回っていた。触ると火傷《やけど》をすると、注意しておく。行動の数々はまるで幼稚園児である。子育て中の母の気分をこれでもかと味わっていた。

片面が焼けたら、生地をひっくり返して再び蓋を閉じる。さらにひっくり返して焼いたら、スフレパンケーキの完成だ。

お皿に盛り付ける様子を、九尾神は瞳を輝かせながら見つめていた。

『ああ、甘い匂いがたまらないな』

パンケーキに粉砂糖を振りかけ、生クリームを絞ったあと、ミントを添える。

「できた!」

『おおおお!』

九尾神は祭壇のほうへ飛んで行き、神棚の前にどっかり鎮座した。パンケーキを祭壇に置いて、手と手を合わせる。

「どうぞ、お召し上がりくださいませ」

『うむ! いただこうぞ!』

九尾神は九本の尻尾をフワフワ左右に揺らしながら、パンケーキを頬張る。

『う、うまい!!　生地はふあふあで、一瞬にしてなくなりおる！　品のある甘さで、いくらでも平らげられるぞ！』

お口に合ったようで、何よりだ。

ホットプレートを片付け終わると、長谷川係長より声がかかった。

「永野さん、ごはんにしようか」

「はーい……あ!!」

いつの間にか、テーブルには食事が用意されていた。まさか、この短時間で仕上げるなんて、手際がよすぎる。

「い、いつの間に!?」

「簡単なものだけれど」

「いやいやいやいや！」

テーブルにはお味噌汁《みそしる》におかかと大葉の混ぜご飯、手羽元のポン酢煮込み、赤カブのゴマ和《あ》えに、焼き鮭《ざけ》のキノコあんかけ、レタス、キュウリ、アボカドのグリーンサラダが品よく並べられていた。どれもおいしそうだ。

「食べようか」

「はい」

緑色のスムージーも用意されていた。青汁みたいな味わいかと思いきや、すっきりとした甘酸っぱさがある。ヨーグルトとキウイフルーツのスムージーだろうか。おいしいわけだ。

ちなみに青さの正体はセロリらしい。まったく気づかなかった。

「リンゴと蜂蜜も入れているからね」

「キウイフルーツとヨーグルトしか感じませんでした」

これならば、セロリ嫌いの子どもでも飲めるかもしれない。見た目はものすごく青汁だが。

続いてお味噌汁を一口。なんだか香ばしい風味がある。カボチャを箸で摑《つか》んだ瞬間、ハッと気づいた。

「カボチャに焼き色が付いています！」

「煮崩れしないように、焼いてみたんだ」

なんというか、さすがである。この美意識は私も見習いたい。

長谷川係長の食事は見た目が美しいだけでなく、どれもおいしかった。あっという間に平らげてしまう。

ふと祭壇のほうを見ると、九尾神はお腹を上に向けて寝転がっていた。どうやら、満足して眠ってしまったらしい。毛皮があるから大丈夫だと思うが、風邪を引かないようにとハンカチを被《かぶ》せておいた。

「永野さん、今日は大変だったね」

「ええ、まあ……」

「九尾神には、用事があったら俺に言うようにと頼んでおいたのに」

「私のほうが、頼みやすかったのかもしれません」

長谷川係長は鬼である。力を封じられた九尾神からしたら、なるべく弱みを見せたくないのかもしれない。

「これ以上永野さんを困らせるようなら、九尾神を絶対に許さない」

そんな発言をする長谷川係長から、じわじわと邪気が生じる。このままではいけないと思い、急いで長谷川係長のほうへ回り込む。そのままの勢いで、背中から抱きしめた。

「どうどう」

「永野さん、その落ち着かせ方はどうなんだろう?」

「す、すみません」

しかしながら効果は絶大で、長谷川係長の邪気はきれいさっぱりなくなった。

「長谷川さん、これからどうするかは、一緒に考えましょう。今日みたいに、ふたりで頑張ったら、対策も思いつくはずです」

「そうだね」

長谷川係長の心が荒ぶりませんように、と祈るばかりである。


翌日――私は九尾神に起こされずに、新しい朝を迎えた。

昨晩、長谷川係長と一緒に考えた対策は、祭壇に食べ物をたくさん用意するというものであった。それが功を奏したらしい。今日は朝までぐっすり眠れた。

すでに長谷川係長は起きていて、笑顔でオシャレなカゴ型のお弁当を差し出してくる。

「これ、早起きしたついでに作ってみたんだけれど」

「わー、ありがとうございます」

さらに、朝食まで用意されていた。もしかしたら、昨日私が疲れていたので、気を遣ってくれたのかもしれない。ワンプレートのオシャレな和朝食となめこのお味噌汁を、ありがたく思いながらいただく。

いつもはばたばた準備をするが、今日はゆっくり身なりを整えられた。出勤する前に、ジョージ・ハンクス七世とモチオ・ハンクス二十世に声をかけておく。

「会社に行ってくるから、あとはよろしくね」

『おうよ』

『むにゃむにゃ……任せて、ジョージに』

『おい!!』

朝から夕方までの九尾神のお世話は、ハムスター式神達に任命している。仲が悪いふたりのやりとりは心配でしかないものの、もう少ししたら母と契約しているハムスター式神ルイ＝フランソワ君がやってくるはず。なんと彼はスマホから会社にいる私に逐次情報を送ってくれるのだ。留守中の〝異常なしです〟という連絡が、どれだけありがたいか……!

できる式神ハムスターである。ルイ＝フランソワ君がいたら、きっと大丈夫だろう。

鞄《かばん》にスマホや財布を入れていく。ハンカチはジョージ・ハンクス七世が『忘れ物だ!』と言って差し出してくれた。

ジョージ・ハンクス七世ごと鞄の中に詰め込んだら、『俺は違うぞ!』と訴えられてしまった。

そうだった。九尾神の面倒を見るため、ジョージ・ハンクス七世は留守番である。

そのため、何かあったら召喚できるよう、あらかじめ呪符は作ってあった。

鞄からジョージ・ハンクス七世を取り出して、ファスナーをしっかり閉めた。

出勤準備が完了したと胸を張っていたら、長谷川係長から声がかかる。

「永野さん、お弁当！」

「あ、ありがとうございます」

長谷川係長から受け取ったお弁当用の小さな鞄には、水筒まで入っていた。健康にいいお茶を用意してくれたようだ。

それ以外に筒状の容器も見えた。

「これ、スープジャーですか？」

「そう。いつかスープ付きの弁当を作ろうと思って、買っておいたんだよ」

長谷川係長とお揃いのスープジャーらしい。いったい何を用意してくれたのか。お昼が楽しみである。

「ありがとうございます。嬉しいです」

「ちゃちゃっと作ったものだから、おいしいかわからないけれどね」

謙遜しているものの、長谷川係長の手料理はどれもお店レベルだ。期待がぐっと高まる。

「じゃあ、またあとで」

「はい」

私と長谷川係長の同棲は会社には内緒である。非公式ルールなのだが、会社は同じ部局での社内恋愛を禁じているのだ。何十年も前にできた決まり事が、今でも残っている。そんな事情があるので、交際がバレないように別々に会社に行っているのだ。

家を出るまで少しだけ待機時間があった。その間にネットニュースを見る。浅草の町でおかしな事件は起こっていないようだ。

日々、巻き起こる事件は邪気の影響であることが多い。その邪気に怪異が引きつけられ、人に取り憑く。そうなると人は邪気を増幅させ、さらなる事件を起こすのだ。

そのため、ニュースの確認は陰陽師にとって必須と言える。

『おい、遥香。そろそろ行かないと、遅刻するぞ』

「あ、そうだね。ありがとう、ジョージ・ハンクス七世」

『おう。気を付けて行ってこいよ』

「行ってきます」

今日も今日とて、陰陽師であり会社員でもある私の一日が始まる。

マンションから徒歩十五分、歩いた先に建つ会社に到着する。

昭和二十年に創立された長い歴史を誇る我が社は、化成品関連製品の製造、販売を行っている。支店は全国に五カ所あり、関東地方に工場が三つある、そこそこ規模の大きな会社だ。

ただ、大きさの割に社内はのんびりしていて、バリバリやっていこうという雰囲気の社員はあまりいない。昔からやっている仕事を長く堅実に、がスローガンである。マイペースな私にぴったりの会社であった。

ロッカーで制服に着替え、総務部のフロアに向かう。私を見つけるなり、元気よく挨拶してきたのは、後輩である桃谷君だった。

「おはようございます！」

「おはよう。今日も元気だね」

「若いので」

私も彼とさほど年齢が変わらないので、元気よく挨拶をしなければならない。負けていられなかった。

続いて挨拶をしてくれたのは、オシャレでギャルな後輩である杉山さんだ。

「永野先輩、おはようございます」

「おはよう！」

桃谷君を見習って、元気よく挨拶をしてみる。すると、訝《いぶか》しげな視線を投げかけられてしまった。

「なんですか、その空元気」

「いや、中身のある元気をお届けしたつもりだったんだけれど」

「無理している感がハンパなかったです」

「うう、そっか」

慣れないことはすべきではないのだろう。がっくりとうな垂れる。

時間ギリギリにやってきたのは、山田《やまだ》先輩である。

「みんな、おはよう」

朝からなんだかぐったりしていた。

きっと家で大変なことがあったのだろう。放っておいてあげようと思っていたのに、桃谷君が質問してしまった。

「山田先輩、朝からボロボロで、どうしたんですか？」

「子どもに、朝の四時半から起こされたんだ……。昼間にたっぷり昼寝をしてたみたいで、朝早くに目覚めてね。適当にアニメ見せて、ソファで寝ようと思っていたんだけれど、戦うキャラクターを熱烈に応援し始めたんだ」

聞けば聞くほど、うちにいる九尾神と、行動がそっくりであった。これから仕事をしなければいけないことを考えると、気の毒になってしまう。

「お前達に話しても、わかってくれないとは思うが」

「わかりますよ！」

「え、永野がどうして？」

桃谷君と杉山さんからも、疑問を浮かべた視線が突き刺さる。独身の私が、育児の苦労を知っているはずがないからだろう。

「いや、なんていうか、私も狐……じゃなくて、ペットに朝から起こされてしまいまして。ごはんが食べたいと、急かされたものですから」

「永野、動物を飼い始めたのか？」

「あ、いいえ。その、預かっている、だけです」

嘘は言っていない。嘘は。

会社での会話が九尾神に筒抜けでないことを祈るばかりであった。

席に着いたあと、杉山さんがコソコソと話しかけてくる。

「永野先輩、何を預かったんですか？」

狐の神様だなんて言えるわけがない。手元にあったメモ帳にささっと描いたものを、杉山さんに見せる。

「ああ、猫ちゃんですか」

狐だったが、まったく伝わっていなかった。逆に、興味を持たれなくてよかったのかもしれない。

始業を知らせるベルが鳴る前に、長谷川係長がやってくる。朝、家で会っているのに、改めてキラキラ輝くイケメンだと思った。

見とれていたら、いつの間にか接近していた杉山さんが耳元で囁く。

「永野先輩の彼氏は、今日もかっこいいですねえ。羨ましい限りです」

耳からカーッと熱くなっていくのを感じた。杉山さんのほうを見て、会社でなんてことを言うのかと目で訴える。

「永野先輩がうろたえるのが見たくて、いじわるしてしまいました」

「心臓が保《も》たないから」

「すみません」

渾身《こんしん》の力で睨んだが、涙でうるんだ瞳で見つめられても、と言われてしまった。

午前中は長谷川係長が作ったお弁当が楽しみで、仕事がはかどった。あっという間にお昼となる。

いつものように杉山さんと一緒に、休憩室で昼食を取ることとなった。

休憩室は長方形のテーブルがコの字に置かれているだけの部屋だ。冷蔵庫などもなく、エアコンは古くて効きが悪いため、お弁当を持参していてもここで食べる人はごく一部である。ほとんどの人達は食堂に行くのだ。

今日は誰もおらず、杉山さんとふたりきりだった。にぎやかな場所より、静かなほうが落ち着くのでありがたい。

杉山さんは楽しそうに、お弁当を広げていた。

「私、今日のお弁当、五分で作ったんですよ」

「へえ、すごいねえ。新記録じゃない？」

「そうなんです」

最近の杉山さんのマイブームは、時短弁当を作ることらしい。いかに早くお弁当を仕上げられるか、毎朝挑戦しているようだ。

少し前まではキャラ弁作りにハマっていたようだが、すぐに飽きてしまったのだろう。それからしばらくは食堂通いだった。

お弁当作りを再開させたのは、食堂での会話に疲れてしまったかららしい。私と食べるほうが、気楽でいいようだ。

「永野先輩、今日のお弁当、力作なんですよ!」

完成したお弁当を、杉山さんは自慢げに見せてくれた。

しっかり混ぜ込まれたわかめご飯と、海老《えび》寄せフライにナポリタン、プチトマトにおひたしと、彩りも鮮やかである。

「これを五分で作ったんだ。すごいね!」

「ほとんど自然解凍できる冷食なんですけれど」

「なるほど! そういうわけか」

杉山さんが言っていた自然解凍できる冷食とは、冷凍庫でカチコチ状態の冷凍食品をそのままお弁当に入れると、お昼頃に解けて食べられるようになるという画期的なものだ。

「永野先輩、これ、普通の冷凍食品でやったらダメですよ。お腹を壊してしまうので」

そうなのだ。凍った冷凍食品をそのままお弁当に入れることができるのは、一部の自然解凍が可能な冷凍食品のみ。自然解凍可能と表示されていない冷凍食品でやると、細菌が繁殖する可能性があるのだ。

普通の冷凍食品はしっかり電子レンジで加熱してから、お弁当に詰めないといけない。まさか、杉山さんに衛生管理を説かれる日がやってくるなんて。少し感動してしまった。

杉山さんは手と手を合わせ「いただきます」と言ってから食べ始める。私も長谷川係長の特製お弁当をテーブルに並べていく。

まずは、長方形のカゴ型のお弁当を開いた。中にはサンドイッチが入っている。アボカドと明太子《めんたいこ》のサンドに、赤カブのタルタル卵サンド、キュウリとレタスのハムサンド、チョコバナナサンドと、四種類のオシャレなサンドイッチが詰められていた。味が移らないように、ワックスペーパーで包んであるという丁寧な仕事っぷりである。

続いて、スープジャーの蓋を開ける。朝に飲んだなめこのお味噌汁だろうと思っていたら、キノコとカボチャのクリームシチューが入っていた。

なんて贅沢《ぜいたく》なメニューなのか。朝、ちゃちゃっと仕上げたようには思えない。

そんなお弁当を、杉山さんも興味津々とばかりに覗き込んでいた。

「永野先輩、それ、彼氏さんが作ったお弁当ですか？」

「へ!? なんでそう思うの？」

「だってなんか、いつもよりオシャレですもん。永野先輩のお弁当って、なんていうかこう、お母さんが作ったお弁当って感じなんですよね」

杉山さんの観察力は、本当に鋭い。誤魔化しきれるわけがないので、白状する。

「ご名答だよ」

「やっぱり、そうだったんですね。しかし、料理上手いですね」

「そうなんだよー」

いつもオシャレなカフェで出していそうな、彩りが美しい料理を作ってくれるのだ。それらを目の当《ま》たりにするたびに、こんな盛り付け方があったのか、と勉強になる。

サンドイッチを頬張り、スープを飲む。見た目がすばらしいだけでなく、味も当然おいしい。

赤カブ漬けでタルタルソースを作るだなんて、どこで習ってくるんだろう。レシピを教えてほしいと、心から思ってしまった。

ふと、杉山さんがニヤニヤしながら私を見つめているのに気づく。

「どうしたの？」

「いえ、意外だな、と感じまして」

「意外？」

「永野先輩の彼氏って、胃袋摑まれている系だと思っていました」

「え、何それ？」

「永野先輩、料理上手いじゃないですか。そういうところにくらっときたのかと思っていたんです」

胃袋を摑んでいるという手応えはまったくない。逆に、私のほうが摑まれているのかもしれない。

長谷川係長が料理を始めたのは最近だが、すでに私よりも上手い気がしてならなかった。

杉山さんが唇を尖《とが》らせながら、ぼやき始める。

「なんか料理上手な女性が好きな男、多いじゃないですか。そういうのってだいたい、結婚したらおいしい家庭料理を毎日食べられるって考えているんですよね」

ひと息で言い切ったあと、杉山さんは目付きをキリリと鋭くさせる。

「毎日おいしい家庭料理が食べたい？　この共働きが当たり前の時代に、何を言っているんだ！って指摘したくなります。結婚後、妻が家で毎日料理を作って待っているっていうのは、もはや作り話の世界にのみ存在しうることだと思うのですよ！」

「たしかに、結婚後もフルタイムで働いている人は多いからね」

朝から夕方まで労働し、子どものお世話をして、食事の用意もこなして――というルーティンを毎日のようにこなしている人もいる。

ただ働くだけでもくたくたなのに、それに加えて家族のための家事が入ると、疲労感は倍どころではないだろう。

「共働きしていても、家事はなぜか女がやっている場合がほとんどなんです」

ちなみに食堂で話した既婚女性調べだという。間違えようがない情報元があるようだ。杉山さんは熱弁を続ける。

「私、この仕事を続けながら、子どもや夫の世話までしなければならない毎日って、無理だと思うんです。自分のお弁当や食事を作ることですら、めんどくさいと感じるくらいですから。一生結婚しないかもしれません」

杉山さんが切なげに呟く。しかしながら、次の瞬間には「かっこいい彼氏は欲しいですけれど」なんて言っていた。

「すみません、なんか愚痴ってしまって」

「食堂で、いろんな話を聞いたんだね」

「そうなんです。おかげで、結婚生活に絶望しか抱かなくなってしまいました」

以前から杉山さんは男女平等を訴えていた。食堂で不平等な結婚生活について聞いてしまい、余計に嫌気が差してしまったのだろう。

私に対しても、「永野先輩の家庭的な部分を気に入ってくれる男と、付き合ってほしくない！」なんて言っていたような記憶が残っている。

「でも、永野先輩の彼氏さんがそうやってお弁当作って持たせてくれるのを見て、なんか結婚しても一緒に頑張ってくれるんだろうなっていうのがわかって、なんだか安心しました」

「うん、ありがとう」

そういえば同棲を始めるとき、家事の分担について長谷川係長と意見が合わずに揉《も》めてしまった。私の負担が大きいと、長谷川係長は訴えて聞かなかったのだ。ルイ＝フランソワ君が仲裁してくれなかったら、今頃どうなっていたか……。

ちなみに料理の分担は、平日の食事とお弁当が私、長谷川係長は食費の負担と休日の三食を作ることになっている。

お買い物に行くのも大変だからと長谷川係長が主張するので、最近はネットスーパー頼みであった。自宅に届くので、買いに行く手間が省けるのだ。

清掃については週に二回ハウスクリーニング業者に依頼し、それ以外の日は掃除ロボットがきれいにしてくれる。お風呂掃除は最後に入った人がやり、トイレは日替わりで交代交代行っていた。洗濯は各自で行い、長谷川係長は下着以外はクリーニング店に頼んでいるようだ。

　水道代、電気代、ガス代などは完全折半である。家賃も出すと言ったものの、長谷川係長は受け入れてくれない。

　九尾神がやってきてからは、両親が食費を援助してくれるようになった。長谷川係長と一緒に一度は断ったものの、私達に任せっきりにするわけにはいかないと父が主張し、結局甘えることにした。

「なんていうか、永野先輩は某桃谷と付き合うんじゃないかと思っていました」

「杉山さん、それ、匿名性ゼロだよ」

「すみません。ついうっかり」

　桃谷君が配属された当初、私への懐きっぷりは異常だった。今は落ち着いているものの、他の人に比べたら打ち解けているように見えているようで、そのうち交際を始めるのではと杉山さんは考えていたらしい。

「それが、まさか、あの人だったとは……！」

　杉山さんは数少ない、私と長谷川係長がお付き合いをしていることを知っている人のひとりだ。もちろんしっかり口止めしている。

　会社で私の彼氏について話すときの長谷川係長は、名前を言ってはいけないあの人、みたいに呼ばれているのだ。

「永野先輩は結婚しても、幸せな話ばかり聞かせてくださいね。もしも酷《ひど》い扱いをされたとわかった日には、夫となった男をボコりに行ってしまうかもしれないので。絶対に容赦しないです」

「ははは」

お礼を言っていいのか悪いのかよくわからなかったので、適当に流しておいた。


終業後、急いで帰宅する。九尾神がお腹を空かせて待っているはずだ。

その前に、一度自分の家に入ろう。とは言っても、部屋は隣なのだが。

長谷川係長の隣の部屋は、私の叔母の織莉子《ゆりこ》が陰陽師の仕事道具や自宅に抱えきれない私物などを置くために契約している。芸能界で働く忙しい叔母の代わりに、私が住みながら荷物などを管理しているのだ。

現在、叔母は芸能活動を休止しているようだが、それでも付き合いのある人達から時々荷物が届く。荷解《にほど》きをして、叔母が夫と共に生活する家に転送したり、クローゼットに保管したりするのが私に任された仕事だった。

玄関を開けると、煮物のいい匂いが漂ってきた。叔母が来ているのか。

「ただいまー。織莉子ちゃん？」

台所を覗いたところ、そこに立っていたのは母だった。

「おかえりなさい」

「な、なんでお母さんが!?」

「メール送ったけれど、見てなかった？」

「見てない、かも」

スマホを確認してみたら、母がこれから夕食を作りに行くというメールが届いていた。叔母は母にも部屋の鍵を預けているので、別に不思議なことでもなんでもない。

ただ、こうして料理を作って私の帰りを待つなんてことは今までなかったので、驚いてしまったのだ。

「突然、どうしたの？」

「あなた達に渡す物があるから、そのついでに。おでんなんて、若い人達は好んで食べないだろうけれど」

実家から持ち込んだ土鍋が、どっかりとコンロに鎮座している。

「え、おでん!?」

母が作っていたのはおでんだった。すでにかなり煮込まれているようで、大根は味が染みているように見えた。

何を隠そう、私は母が作るおでんが大好きだ。自分で作っても母の味にならないので、実家で食べるしかなかったのだが。まさか今日、食べられるなんて。

「餃子《ギョーザ》巻き、入ってる？」

「もちろん」

母が作るおでんには餃子巻きという、魚のすり身に餃子が包まれたものが入っている。餃子巻きがおでんの顔ぶれに並ぶのは、福岡風の特徴らしい。

もちろんこの辺りではほとんど売っていないので、わざわざ餃子とすり身を買ってきて手作りしている。一度油で揚げないといけないので、一手間かかるのだ。

他に、福岡風のおでんは餅巾着やロールキャベツなども入っている。

これらの具はおでん界ではメジャーだと信じて疑わなかったが、東京で食べるおでんにはめったに入っていなかったのだ。

その代わりに、こちらのおでんにはちくわぶやはんぺんなど、未知なる具との出会いがあった。

おでんは地域によって、さまざまな特徴があるらしい。

「おでん楽しみだなー。あ、長谷川さんに言っておかないと」

「長谷川さんにも、メールしてあるから大丈夫」

なんでも両親と長谷川係長のグループを作ったらしい。

「え、そうだったの？　私は？」

「あなたがいたら、長谷川さんが言いたいことも言えないでしょうが」

「そんなことないと思うけれど」

両親と長谷川係長が連絡を取り合っているなんて、恥ずかしいような、照れくさいような。仲間外れにされていることも相まって、複雑な気持ちになる。

「それはそうと、お父さんは？」

「家にいるわよ」

父は明日、仕事があるのでお留守番らしい。夕食はカップラーメンだと聞かされ、途端に気の毒になってしまった。

「お母さん、お父さんにもおでんを持って帰ってあげて」

「遥香……あなたは本当に優しい子ね。大丈夫、お父さんはカップラーメンとかでいいから」

私達はおでんを食べるのに、仕事から帰ってきた父がひとり寂しくカップラーメンをすする様子を想像したらいたたまれなくなる。

「出前でも頼んであげようかな」

「そこまでしなくていいわよ。いい大人なんだから、カップラーメンが食べたくないときは自分で頼めるから」

「そうかな?」

「あなたね、さんざんお父さんに面倒事を押しつけられているのに、こういうときに可哀想《かわいそう》だと思う気持ちが残っているのね」

「いや、それとこれとはまた話が違うような」

とにかく、父については気にしなくてもいいと言われた。

おでんができあがったところで、長谷川係長が帰宅したという連絡が届いたらしい。同じグループ内にいる父の既読もついているのが、少しだけ面白い。まだ職場なのだろうか。家に帰っても夕食はないが、頑張ってほしい。

土鍋に入ったおでんはけっこうな重さなので、私が持とうとしたが、母に断られてしまう。

「あなた、おっちょこちょいだから、うっかり落としそうで怖いわ」

「そんなことないと思うけれど」

具がたっぷり入った土鍋は、けっこうな重さである。本当に大丈夫なのか。

「毎日、これより重たい物を運んでいるのよ。歴戦のパート戦士を舐《な》めないでもらえるかしら？」

「うーん」

「信じていないのね。この、見事な上腕二頭筋が見えないの？」

「いや、服の上から自慢されても……」

心配だったが、母が持って行くと言って聞かないので、私は先導役を務めよう。なんて思っていたら、長谷川係長から連絡が届く。

「あ、お母さん。土鍋、長谷川さんが運んでくれるって」

「まあ！」

母が夕食はおでんだと宣言していたため、長谷川係長はこれから起こりうる土鍋の大移動を予想済みだったようだ。

「長谷川さん、ありがとう。重たいから、どうしようって遥香と話していたところだったの」

長谷川係長がやってくると、母は助かったと言って微笑《ほほえ》みを浮かべていた。

土鍋運びに圧倒的な自信を見せていた母であったが、長谷川係長がきたら非力な女性を演じたので笑ってしまいそうになる。先ほどまで筋肉自慢をしていた人とは思えない。奥歯を嚙《か》みしめ、必死に耐えた。

長谷川係長のオシャレな部屋に、実家の使い込まれた土鍋が運び込まれる。九尾神は興味津々のようで、勢いよくやってきて覗いていた。

『なんだ、それは！　いい匂いがするぞ！』

母が「おでんでございます」と丁寧に答える。すると、九尾神は『おでん！』と言葉を返していた。いつものように『かしこまった物言いをするな！』と言うかと思いきや、そのままである。どうやら敬語を使わなくていいのは、私だけのようだ。

すぐに祭壇のほうへと飛んで行き、おでんの到着を待つ。

入れ替わるように、ジョージ・ハンクス七世がやってきた。なんだかぐったりしている。

「ジョージ・ハンクス七世、どうかしたの？」

『ドラマを見ていた九尾神が、あれこれと質問してくるんだ。それにいちいち答えていたら、疲労感に襲われて……』

「た、大変だったんだ。お疲れ様だよ」

モチオは他人のふりを続け、ハムスター式神用のイヤホンを装着し、タブレットでひとりアニメを楽しんでいたらしい。

『あいつは昼間からぶっ続けでアニメを観て、今は疲れて眠っている』

「そっか」

実家から派遣されていたルイ＝フランソワ君は、祭壇の掃除をせっせとしてくれたらしい。頭に三角巾を被る姿が可愛すぎる。

「ルイ＝フランソワ君、いつもありがとうね」

『お安いご用でしゅ！』

そんな話をしているうちに母は慣れた様子でおでんを取り分け、九尾神へ奉納する。

「九尾神、あつあつですので、しばしお待ちくださいませ」

『いいや、我は待てぬぞ！』

九尾神はそう言ってこんにゃくにかぶりついていたが、案の定、熱かったようで跳び上がる。

ごろごろと祭壇の上を転げ回り、奉納し並べていたどら焼きや酒まんじゅうを床に落としていた。個装されているので、落ちても問題はないのだが。

『し、死ぬほどあつあつだ!!　これはマグマの中で煮込んだものなのか!?』

「申し訳ございません」

母は落としたお菓子を拾い上げたあと、扇子でおでんを扇《あお》いで冷ましていた。九尾神は埒《らち》が明かない、と言って母を下がらせる。自分でフーフーと息を吹きかけ、熱を逃がそうと頑張り始めた。

テーブルには箸やコップなども並べられているだけでなく、小鉢もいくつか置いてあった。母も気づいたようで、即座に反応する。

「あら、おいしそう！　これ、長谷川さんが作ったの？」

「はい。お口に合えばいいのですが」

小鉢はマグロの山かけにカブの千枚漬け、トマトとタマネギのマリネ。充実の箸休めであった。

「こんなの、短時間で作れるものではないわ」

「マグロととろろは冷凍食品なんです」

帰宅してから用意したのだろうが、冷凍食品を使ったにしても手際がよすぎる。

今度はエプロン姿になっていたルイ＝フランソワ君がやってきて、ほかほかと温かいおしぼりを手渡してくれた。

『熱いので、気を付けてくだしゃいね』

「おしぼり、ありがとう」

『いえいえ』

ルイ＝フランソワ君は長谷川係長の料理を手伝っていたらしい。母仕込みの技術なのだろう。お茶を淹《い》れる所作も様になっていた。

「さあさ、冷めないうちに食べましょう」

久しぶりの母特製おでんをいただく。福岡風のおでんは鶏《とり》ガラベースで、薄口醤《しょう》油《ゆ》で仕上げる。

そのため、かつおだしと濃い口醤油を使った関東風のおでんとは見た目の濃さが異なるのだ。

大根にはだしが染み込んでいて、噛むとじゅわっと溢《あふ》れてくる。卵は箸で割って、黄身にだしを含ませながら食べるとおいしい。餃子巻きはそのまま頬張る。魚介の旨《うま》みが餃子のあんに閉じ込められていて、肉汁と共に口の中に広がっていく。九尾神もやっとのことでおでんを冷ましたようで、こんにゃくにかぶりついていた。

『う、うまい！　な、なんだ、この、ぐにゃぐにゃとした歯ごたえのある食べ物は！　汁との相性がよすぎるぞ！』

お口に合ったようで何よりである。母もホッとした表情を見せていた。

「長谷川さん、九州のおでんはいかが？」

「あっさりしているのに味わい深くて、とてもおいしいです」

「よかった。そういえば京都も薄口醤油のおでんよね？」

「はい。ただ、だしは昆布を使うみたいです」

見た目は福岡風のおでんと似ているようだが、京都風のおでんにはサトイモや豆腐、がんもどきが入っているらしい。

「母が埼玉出身なので、たまに関東風のおでんが食卓に並ぶ日もありました」

長谷川係長のお母さんもてっきり京都出身だと思っていたが、生まれも育ちも埼玉だという。ただ、箱入り娘だったらしく、東京に遊びに行くことは禁止されていたようだ。そのため、上京してきたときは長谷川係長に案内を求めてくるのだろう。

「まあでも、故郷の味が恋しくなるのはわかるわ。関東から関西に嫁ぐのは、食文化的に苦労したでしょうね」

「祖母にみっちり仕込まれたと話していました」

長谷川係長のお父さんは食事にそこまで強いこだわりがなかったようで、関東風でも関西風でも、どちらでも構わないと言っていたようだ。

ただ、長谷川係長のお母さんは頑固かつ負けず嫌いだったようで、嫁いできた一年目に京都風の味付けを習得したらしい。

「私も最初、関東の濃いうどんには驚いてねえ。昔、友達にカレーうどん食べているかと思ったって言ったら、怒られてしまったのよね」

「わかります」

皆、故郷のだしを深く愛しているので、物申されたらカチンとくるのだろう。

「遥香の料理、大丈夫？　口に合わないものとかあったら、遠慮なく言ってちょうだい。食文化の違いって、のちのち大きな溝になるから。ずっと我慢していたら、相手に腹を立ててしまったタイミングで不満が大爆発してしまうのよ」

これは食文化にだけ言えることではないけれど、と母は付け足す。

「いえ、大丈夫です。遥香さんの料理は、すべておいしいです」

「そう、よかった」

母と一緒に私も安堵《あんど》してしまう。

「食べ物について気になったら、その度に伝えたほうがいいわ。我慢はよくないというのもあるけれど、お付き合いが次第に負担になってしまうから」

人生の先輩が言うことはじんわり身に沁《し》みる。思わず、心の手帳にしっかり記録してしまった。

「もしかして、お父さんの夕食の準備をしなかったのも、お母さんの方針なの？」

「そうよ。こっちが用事がある日は、準備なんてしないわ。いちいちお世話していたら、毎日家に帰ったら夕食があるのを、当たり前だと勘違いするようになるから」

この場に杉山さんがいたら、スタンディングオベーションをしていただろう。たしかに、母の言うとおりだ。食事が用意されているのを、当然だと思ってはいけない。時には自分で考えて食べる日があってもいいのだろう。

「それにしても、長谷川さんの作る料理、おいしいわー。昔から料理をしていたの？」

「いいえ、覚えたのは最近です。遥香さんにおいしいものを食べてほしくて」

「あらまあ！」

母がニヤニヤしながら、私の肩をぽんぽん叩いてくる。恥ずかしいので、そういうリアクションは止めてほしい。

「でも、あまり甘やかさないでね」

「いえいえ、遥香さんは自立していて、しっかりしているので、甘やかしたいのにできない状況でして」

母は腕を組み、眉間に皺《しわ》を寄せる。どうかしたのかと聞いたら、叔母も似たようなことを言っていたのを思い出したらしい。

「織莉子さんもだけど、みんな遥香を甘やかしたがるのよね」

「それだけ遥香さんが魅力的で、すてきな人だからだと思います」

「褒め上手ねえ」

いつの間にか、母は長谷川係長のペースに呑み込まれていた。お願いだから、あっさり納得しないでほしい。

恥ずかしい会話を終了させるため、本題に移るように促す。

「そういえば、用事はなんだったの？」

「あ、そうそう。実家の父から、贈り物が届いて――」

すでに長谷川係長の部屋に運び込まれていたようで、ソファの上に置いていたふたつの風呂敷包みを母は持ってくる。

「九尾神について父にざっくり話したら、これが必要になるだろう、って送られてきたの」

私と長谷川係長とで一つずつ受け取り、包みを開いた。

中に入っていたのは襦袢《じゅばん》と白衣、それから真っ赤な緋袴《ひばかま》、足袋に草履――巫女《みこ》装束である。

長谷川係長のほうには、真鴨《まがも》色と言えばいいのか。青と緑が混ざったような上衣に、浅黄《あさぎ》色の袴――神主の装束が収められていた。

「こ、これは……！」

「神様に仕えるのであれば、服装もきちんとすべきだって言っていて。まあ、着るのはお祓いとか、祝詞《のりと》をあげるときとか、そういう特別な時だけでいいと思うけれど」

私の巫女装束は、以前お正月に手伝いをしたさいに着たものらしい。当時は学生だったが、体形はほとんど変わっていないので問題なく着用できるだろう。

「あの、こちらは神主の装束のように思えるのですが、資格を持たない私が着てもいいのでしょうか？」

長谷川係長が母に疑問を投げかけた。

言われてみればそうだ。巫女はよくアルバイトを募集しているが、神主の求人は見たことがない。

通常、神主は神職の資格を必要とする。それを得るには神道系の大学で四年間学ぶか、養成所で二年間学ぶか、どちらかだ。

講習会や通信講座で一ヶ月で取得、なんていう方法もあるものの、それを叶《かな》えるには神職関係者からの推薦状を必要とするらしい。

何も資格を持っていないのに神主の装束を着てもいいのかと、長谷川係長は引っかかったようだ。

「ああ、それね。大丈夫、気にしなくてもいいわ。神職資格を持っているのは、〝神社本庁〟に属する神主だけだから。うちの実家は〝単立《たんりつ》神社〟だから、神職資格は必要ないのよ」

「単立神社、ですか。すみません、勉強不足で存じ上げず。よろしければ、詳しく教えていただけますか？」

私も聞いたことがあっても、具体的にどういったものかはわからない。長谷川係長と一緒に頭を下げた。

「まず神社本庁のほうから説明するけれど、神社本庁は伊勢《いせ》神宮を総親神とした、全国にある八万もの神社をひっくるめてまとめる宗教法人のことね。ここで神主をする場合は、神職資格が必要になるのよ」

なんでも神社本庁に登録していると、納付金と引き換えに数多くの恩恵を得られるという。

「講習や講演の参加、神道系の学校への進学、人材派遣など、さまざまな援助を受けられるのよ」

神社本庁という響きから行政機関のように感じてしまうものの、実際は民間のいち宗教法人なのだとか。

一方で単立神社というのは、この神社本庁に所属していない神社である。あの有名な出雲《いずも》大社や靖国《やすくに》神社、伏見稲荷《ふしみいなり》大社などが該当するようだ。

「なぜ、それらの神社は神社本庁に属していないのでしょうか？」

「まあ、組織の中にいるといろいろあるわけだから、単立神社でいる理由は必ずしもひとつではないと思うの」

母の実家はもともと、声聞師《しょうもんじ》と呼ばれる民間陰陽師を営む一族だった。地元住民との繋《つな》がりが強く、それ以外の地域社会とは交流がなかったらしい。数百年も前に神社が建ったあとも、ごくごく小さなコミュニティーの中で細々と続けていたようだ。

「と、こんな感じで理解してもらえたかしら？」

長谷川係長と共に頷《うなず》く。

「だからといって、誰にでも巫女や神主の装束を渡しているわけではないの。あなた達は神様にしっかりお仕えしている。その点を評価して送ってくれたのよ」

「そういうわけでしたか」

普段、身にまとうことはないだろうが、母が言っていたとおり何かあったときに着用すればいいのだろう。ありがたく受け取っておく。

「そんなわけだから、そろそろ帰るわ。突然やってきてごめんなさいね」

「いえ、いつでもどうぞ」

おでんもおいしかったと、長谷川係長は母に伝えていた。褒められた母は上機嫌な様子で、ルイ＝フランソワ君と一緒に帰っていった。

玄関のドアが閉まると、ふーとため息が零れてしまう。

「平日に母が突撃してしまって、すみません」

「いろいろ勉強になって、有意義な時間だったよ」

ひとまずお風呂に浸《つ》かろう。先に入っていいというので、お言葉に甘えさせていただく。

お風呂から上がると、食器などは綺麗《きれい》に片付けられた状態になっていた。おでんも食品保存容器に移され、冷蔵庫の中にきっちりと並んでいる。目の当たりにした瞬間、やられた！と思ってしまった。これで甘やかしていないと主張するのだから、彼が本気で私を甘やかしたらどうなってしまうのか。まったく想像できない。今のままでも十分よくしてもらっているので、そのままの長谷川係長でいてほしい。

ソファでニュースを見ていたら、九尾神が膝に跳び乗ってくる。お腹を上に向けて寝転がり、撫《な》でるようにと無言で要求してきた。

ふかふかのお腹によしよしと優しく触れる。すると、九本の尻尾が嬉しそうに左右に揺れた。

こうしていたら可愛らしい狐さんという感じだが、実態は凶悪で残酷な傾国の九尾狐である。今は神様を務めているが、気まぐれなのでいつまで続くかわからない。

油断しないように、と心の中で自身に言い聞かせる。

長谷川係長がこちらへやってくる足音が聞こえると、九尾神は即座に立ち上がり、祭壇のほうへと帰っていく。

素知らぬ顔で欠伸をしていた。理由はよくわからないが、密着するのは私とふたりっきりの時だけなのだ。たぶん、他人に甘えるところを見られるのが恥ずかしいのだろう。

長谷川係長は隣に腰を下ろすと、私の膝をじっと見つめる。何を思ったのか手を伸ばし、腿《もも》に触れた。

「――――ッ!?」

身構えてしまったが、付着していたものを摘《つ》まんだだけだった。長谷川係長の指先には、金色の毛が光っている。九尾神の毛だろう。

神様なのだから、こういうリアルな獣要素なんてなくてもいいのに。その辺は本格派なのだろうか。よくわからない。

「永野さん、もしかして、九尾神を膝枕していた?」

「ええ、まあ……そうですね」

無言で九尾神のほうを睨んでいるものの、相手は神様である。ピリピリしないでほしい。九尾神もジト目で長谷川係長のほうを見つめていた。同じ釜の飯を食う仲間同士、仲良くしてほしいのだが。

『どうした、正臣? 我に何か申したいのか?』

「……」

『どうせ、膝枕が羨ましいんだろう?』

「いや、ゆうてへんやろ」

長谷川係長は九尾神の煽《あお》りに対し、ぴしゃりと言葉を返す。空気がキンと凍った気がした。

ふたりを離さなくてはならない。即座に判断し、私は長谷川係長の腕を引いて寝室まで誘導した。

大人しくついてきたと思いきや、長谷川係長は私を背後から抱きしめ、そのままベッドに転がる。

「きゃあ!」

衝撃はなく、モフッとやわらかな布団に着地しただけだった。けれども、突然やられたら驚いてしまう。

「な、なんですか、これ!?」

「九尾神がマウントを取るから、むしゃくしゃしてる」

長谷川係長は私をぬいぐるみのように抱きしめたまま、動こうとしない。腕の拘束は強固で、簡単に脱出できそうにもなかった。

「むしゃくしゃしてるって、相手は神様なんです。耐性をつけてください」

「永野さんが関わることに関しては、度量が急激に狭くなる」

「そこをなんとか」

「無理」

交渉はあっさり決裂となった。しばらく経《た》っても黙ったままだったので、質問を投げかけてみた。

「あの、眠ってます?」

「寝てへんし」

京都弁がポロッと出るタイミングは、気持ちが荒ぶっているときだ。静まりたまえ、と心の中で祈ってみるが、治まる気配はまったくない。

「永野さん、お願いがあるんだけれど」

「なんでしょうか？」

長谷川係長がお願いしてくるなんて珍しい。叶えられるものならばいいがと思いつつ、聞く姿勢を取った。

「俺のこと、そろそろ名前で呼んでくれる？」

「へ!?」

お願いは別に変な内容ではなかったものの、耳元で囁くので変な声が出てしまった。

「な、名前でですか。突然、どうしてですか？」

これまでは会社でうっかり呼び間違えないように、苗字《みようじ》で呼び合おうと話し合っていたのだ。

「どうしてって、さっき、永野さんのお母さんがきたとき、ふたりとも同じ呼び方だなって気づいてしまって……」

たしかに、私と母は「長谷川さん」と呼びかける。それが嫌だというわけではなく、そろそろ名前で呼んでほしいと思ってしまったらしい。

「私が会社で、長谷川さんのこと名前で呼んでしまったらどうするんですか？」

「その時は、俺達、結婚しますって宣言するだけだよ」

「交際宣言より先に、結婚するとか言わないでください」

「じゃあ、明日あたり、言いふらそうかな」

「ちょっ、待ってください。今、そういう話し合いではなかったですよね!?」

「そうだったっけ？　ああ、名前呼びしてって話だったね。永野さんへの要望を結婚して、に変えようかな」

「いやいや、名前呼びにしましょう！　名前呼びに！」

必死に訴える私が面白かったのか、ぶるぶる震えながら笑いを堪《こら》える様子が伝わってきた。不機嫌な様子はなくなったので、ひとまず安堵する。

しかしながら、改めて名前で呼んでほしいと言われると、盛大に照れてしまう。

「あの、なんて呼ばれたいんですか？」

「なんでもいいよ。永野さんが呼びやすいのでいいから」

「う――ん、正臣君とか？」

自分で言っておいて、恥ずかしくなってしまった。長谷川係長は私を抱きしめたま ま、楽しげに笑いだす。

「いいね、それ」

「ま、待ってください。他の呼び方にしますので」

「いや、君付けがいい。誰からも呼ばれたことがないから、特別感がある」

「ええ……」

たぶん、歴代の彼女からは〝正臣さん〟とか〝正臣〟とか呼ばれていたのだろう。

それを考えたら、誰も呼んだことがないという正臣君でいいのか。よくない気もするのだが……。

「あの、なんだか恥ずかしいので、名前で呼ぶのはふたりっきりの時だけでいいですか？」

「いいよ」

許可をいただけたので、ホッと胸をなで下ろす。

「永野さんも名前で呼んでいい？」

「会社でうっかり呼ばない自信があるのならば、いいですよ」

「うっかり言っちゃう自信しかないな」

「嘘ばっかり」

長谷川係長はこうと決めたら、うっかり失敗しない人だというのはわかっている。

やるとしたらわざとだろう。

仕事に私情を持ち込まない人なので、きっと冗談なのだろうが。

「うーん。遥香ちゃんだとおじさんっぽいから、やっぱり遥香さん、かな」

「別に呼び捨てでもいいんですよ」

「それはしたくない」

遥香と呼び捨てだと九尾神と呼び方が同じになる。特別な響きで呼びたいから、遥香さんがいいらしい。

「たしかに、これまでさん付けで呼ばれた覚えはほぼないですね。呼ぶとしたら、マダム・エリザベスくらいですが」

「式神ハムスターは大丈夫。あの九尾神と一緒の呼び方っていうのが嫌だってだけ。それに、尊敬している女性《ひと》を呼び捨てで呼ぶなんて、おこがましいからね」

「そ、尊敬、ですか!?　私を？　本当にしてます？」

「しているよ。伝わっていないかな？」

大切にされている様子や、好意はこれでもかと感じている。そう答えると、その感情の中にある核みたいなもののひとつが尊敬だと言う。

「ただ好き、相手が可愛いから、なんて単純な感情だけでは、他人と交際なんてできないよ。自分に使える時間が少ない会社員だったら、なおさらのこと」

「言われてみれば、そうですよね」

学生時代は友達みんな彼氏いるし、私も……なんて軽い気持ちでお付き合いしていたかもしれない。社会人になってからはそれではいけないと思い直し、ずっと恋人はいなかったのだ。

長谷川係長の言うとおり、就職したら他人と付き合う時間が少なくなった。その中で特定の相手に何かをするというのは、とてつもなく特別になる。

私は長谷川係長に対して時間を割くことを、なんとも思わない。むしろ、一緒に過ごしたいと望んでしまう。改めて考えると、それは奇跡的なものなのかもしれない。

そうしたいと思えるのは、やはり長谷川係長に対する圧倒的な愛と、それから尊敬の念があるからだろう。

「そんなわけだから、遥香さんと呼ばせていただくけれど、問題ない？」

「はい。その、嬉しいです」

「だったら決まりだね」

長谷川係長の気が治まったようで、ひとまず安心できそうだ。あとはゆっくり眠るだけだろう。その前に――。

「あの、寝室に行きたいので、解放していただけますか？」

「ここも寝室だよ？」

「いや、自分の寝室で眠りたいんです」

「……」

訴えは無視されてしまう。どうにか脱出しようとジタバタしてみたが、びくともしなかった。

「長谷川さん!!」

「長谷川さんじゃないでしょう?」

「ま、正臣君!!」

自分で呼びかけておいて、羞恥心に悶える。長谷川係長のご機嫌と引き換えに、とんでもない決まりを作ってしまったようだ。

こうなったら、開き直って堂々と呼ぶしかないのだろう。

「正臣君、部屋の灯《あか》りを消したいので、離してください」

「音声で消せるよ」

長谷川係長が音声認識アプリが搭載されたスピーカーに指示を出すと、部屋が一瞬で真っ暗になった。

「え、すごい！　こんな機能があるんですね！」

「そう、だから大人しく眠って」

「そ、そんな！」

これまでドキドキしていたのに、真っ暗な部屋にいると体がお休みモードになってしまう。これではいけないと思いつつも、抗《あらが》えない。

今日は仕事が忙しかったので、睡魔に襲われてしまう。

「遥香さん、おやすみなさい」

「おやすみなさい、正臣君」

もういいやと思い、瞼《まぶた》を閉じる。あっという間に眠りの世界へ誘われてしまったのは言うまでもない。


翌朝――長谷川係長よりも早く起き、まずは着替えようと寝室から出たら、九尾神が胸に飛びこんでくる。

落とさないように抱き止め、逆立った毛を優しく撫でた。九尾神は一瞬うっとりとした表情になったものの、ハッと我に返ったようで訴えてくる。

『おい、遥香！　なぜ、正臣と一緒に寝ていたのだ！』

「なぜって、そういう日もあるとしか言いようがないんだけれど」

『お腹が空いたのに声をかけられなくて、涙がポロポロ零れてきたぞ』

と言う。

「ごめんね」

昨日みたいに起こしにくればいいのに、長谷川係長がいる部屋には近づきたくない
「それはどうして？」

『〝眠れる獅子《しし》を起こすな〟という古い言葉があるだろうが』

「長谷川さんは獅子ではなくて、鬼だけれど」

『比喩だ！』

ちなみに私は〝いつでも起こしていい栗鼠《りす》〟らしい。

長谷川係長は獅子で、私が栗鼠というのに異論はないのだが、格差を感じてしまう。

それにしても、長谷川係長と私で九尾神の接し方に差があるのが気になる。

尊大な態度であることに変わりはないものの、長谷川係長に対しては私よりも少し遠慮しているというか、距離があるというか、一歩引いているように見えてしまった。

相手が陰陽師か、鬼かの違いなのかもしれない。九尾神にはしばしテレビを観てもらう。私は朝食とお弁当の準備をしなければならない。

「少し待っていてね」

『うむ！』

テレビをつけると、中継の天気予報が読み上げられていた。

ダウンをまとった気象予報士が浅草寺《せんそうじ》の前に立ち、視聴者へ今日は冷え込む一日になるので暖かい恰好《かっこう》を、と呼びかけている。

「今日は寒いんだ」

ならばお味噌汁を作って、スープジャーに入れて持って行こうか。なんて考えていたら、九尾神の『なんじゃこりゃ！』という声でハッとなった。

「どうしたの――え、何これ!?」

テレビ中継を見てギョッとする。テレビに映る気象予報士の姿が、黒い靄《もや》に覆われていて見えない状態だったのだ。

「え、何これ……どうして？」

『突然、こういうふうになったぞ』

「ええっ……。かなり不気味なんだけれど」

あの黒い靄の正体は邪気である。これだけ濃い邪気なんて初めてだ。

浅草の町で何かが起こっているのか。嫌な予感がして、肌が粟立《あわだ》ってしまった。

私達の声を聞きつけ、長谷川係長も目を覚ましたようだ。

「何かあった？」

「浅草寺周辺に、大量の邪気が漂っているんです」

「これは――!?」

九尾神も原因はわからないと言う。

『我は新米神様だからな！　万能とはほど遠い！』

ずっと強気な発言をしていたものの、今は少しだけしょんぼりしている。頭を撫でてあげると、ピンと逆立っていた毛が収まった。

長谷川係長は他の地域のライブカメラを確認していた。渋谷《しぶや》や汐留《しおどめ》、新宿《しんじゅく》辺りは浅草のように邪気まみれではなかったようだ。

「どうして浅草だけなのでしょうか？」

「わからない」

せっかく九尾の狐が神様になってくれてホッとしていたのに、次なる問題が降りかかってくるなんて。頭を抱え込んでしまった。

第二章

浅草の〝門〟が壊れていたようです
(※ただし、門は門でも鬼門です)

朝から散々な目に遭う。マンションから一歩外に出た瞬間、パンプスのヒールが折れ、さらにストッキングが伝線し、挙げ句、財布を家に忘れてきたことに気づく。この悪運の連続は、絶対に邪気の仕業に違いない。このような状況の中、長谷川係長をひとりにするわけにはいかないと、いったん家に戻って一緒に出勤する。

辺りは黒い靄が大量に漂い、視界が悪い。

急に長谷川係長が肩を引き寄せた。突然のことに驚いていると、前から男性がふらつきながら歩いてきていた。そのまま進んでいたら、ぶつかっていただろう。

「あ、ありがとうございます」

「危ないから、このまま傍《そば》にいて」

「はい」

長谷川係長は邪気の影響で酷く具合が悪そうだった。

私が甘味祓いで邪気を祓っても、気分が楽になるのは一瞬らしい。邪気祓いをした途端、別の邪気の影響を受けてしまうのだろう。

大量の邪気を前に私の力はてんで役立たずだった。

なんとか大きなトラブルに巻き込まれることなく会社に辿《たど》り着いたのだが、最後の最後で長谷川係長はスマホを落として画面を割ってしまった。スマホから黒い靄が溢れている。これも、邪気の影響だろう。

ビルの中にも邪気が漂っていて、どんどん増殖しているように思える。本当に、何があったのか。謎でしかない。

「長谷川係長、気分が悪いときは、言ってくださいね」

「ありがとう、永野さん」

昨日の晩に作ったべっこう飴を託して別れたが、なんだか心配である。

長谷川係長は鬼の血を受け継いでいるので、他の人達よりも邪気の影響を受けやすいのだ。

長谷川係長以外にも、不幸に見舞われる人達がいたようだ。寝坊したり、電車の遅れが出たり、犬と鳥と猿に襲われたり。

「いや、本当なんですよ！　多頭飼育している家から犬と鳥と猿が逃げ出して、一気に襲いかかってきたんです！」

遅刻してきたところを、人事部長の大原《おおはら》さんに発見されてしまった桃谷君が一生懸命訴えていた。

「もうちょっとマシな遅刻理由は思いつかないのか」

「嘘じゃないですって！　ほら、ここに犬の足跡と、羽毛と、猿の毛が付いているじゃないですか！」

「どこかその辺で転んだだけだろうが」

桃谷君は嘘をついているわけではない。前世が桃太郎である彼は、犬と鳥と猿に猛烈に好かれてしまうのだ。

襲いかかってきたと主張しているが、たぶん、テンション高めに寄ってこられただけなのだろう。

しかし、真実を訴えたら訴えるほど、嘘っぽく聞こえるから不思議だ。なんというか、お気の毒に……。

助けてあげたいのは山々だが、人事部長に物申す勇気なんて持ち合わせていなかった。

杉山さんが山田先輩に「桃谷を救助してあげてください」と頼んでいるが、「俺には家族がいるんだよ」と言って拒否している。

私達の力ではどうにもならない。一刻も早く解放されますようにと、三人揃って手と手を合わせることしかできなかった。

大原部長が桃谷君に絡んでいるおかげで、同じように遅刻してきた人事部の主任が見つからずに背後を通り過ぎていた。

結果的に人事部の主任を助けたようだ。桃谷君の犠牲は忘れない、と皆で彼をたたえ合ったのだった。

そんな桃谷君は長谷川係長に救出される。自分の席に到着したころには、ぐったりとうな垂れていた。

「酷い目に遭いました」

「大変だったね」

浅草の町は邪気の影響で交通機関が混乱状態となるだけでなく、喧嘩《けんか》や窃盗、詐欺など、さまざまなトラブルが発生しているようだ。桃谷君がスマホのニュースサイトで調べた情報を教えてくれる。

一部の人達は邪気に支配され、悪行に走っているのだろう。

「これ、いったいどうしたんですか？」

「私もわからないの」

「なんか、とんでもない鬼がやってきているんじゃないですか——ぎゃあ!!」

突然、桃谷君は肩を摑まれて悲鳴をあげる。

彼が振り返った先にいたのは鬼ではなく、長谷川係長だった。

「桃谷君、もう就業時間だからね。お喋りしていないで、お仕事を頑張ろうね」

「は、はい」

いつもより優しく言われたのが怖かったのか、桃谷君は素直に従っていた。私も仕事に集中する。

昼休みになると、父からスマホに連絡が入っているのに気づいた。件名は〝緊急事態〟である。

中を確認してみると、怪異の姿がないのにおかしな事件が勃発している、という内容だった。神様が何か言っていなかったかと書かれていたが、何もわからないとしか返しようがない。

ひとまず永野家は懇意にしている神職関係者に、大がかりなお祓いを依頼したようだ。それでどうにかなればいいのだが……。

今日を乗り越えたら明日は休日なので、私達も何か対策を練りたい。

夕方ともなれば、フロアの皆がぐったりしていた。明らかに、邪気の影響を受けている。具合が悪くなるだけならばまだマシなほうで、苛立《いらだ》って物や他人に当たる人もいた。

早退する人も過去最高の人数だったようで、残った人達は揃って残業である。

桃谷君がふらつきながらこちらにやって来て、手を差し出してきた。

「永野先輩、お菓子ください。もう限界です」

お昼にべっこう飴を与えていたが、すべて食べてしまったようだ。空腹も相まって、これ以上仕事を続けられないと言う。

「ちょっと待ってね」

鞄を探ろうとしたところ、杉山さんがやってきた。彼女も邪気に晒《さら》されて、具合が悪いのだろう。

「杉山さんも――」

私に用事かと思いきや、彼女が見つめていたのは桃谷君だった。

「ちょっと桃谷！　永野先輩が優しいからって、たかりすぎだから！」

「待ってください。耳元でぎゃんぎゃん鳴かないでくださいよ。頭に響く」

「桃谷がいつまでも甘ったれた態度でいるから、言いたくないけれど注意しているだけだから」

「あー、もう、こういうときは大人しくしていたらいいのに。永野先輩はいいんです。

あとで、鶴もびっくりな恩返しをするんで」

「桃谷が永野先輩にお返ししているところなんて、見たことないんだけれど」

「実はやっているんですよー」

「じゃあこの場で見せて」

「それは難しい話ですねえ」

ふたりの言い合いを聞いていたら、私まで頭が痛くなってしまった。お願いだから、私のために争わないでほしい。

「ふ、ふたりとも、お菓子でも食べて、ちょっと落ち着こうか」

今日一日、いろんな人にお菓子を配って歩いていたので、市販のミニどら焼きしか残っていなかった。

受け取った杉山さんが、ポツリと零す。

「永野先輩、またお婆《ばあ》ちゃんみたいなお菓子を持ち歩いて」

「本当ですね」

意見が合ったふたりは、喧嘩をぴたりと止めた。無言でミニどら焼きを食べたあと、揃って笑いだす。

「ど、どうしたの？」

桃谷君が涙を拭いながら答えてくれた。

「いや、永野先輩のお婆ちゃん力にほっこりしてしまって」

「私もです」

「お婆ちゃん力って……」

大きいどら焼きだと食べるのに時間がかかるが、ミニどら焼きは短い休憩時間でもサッと一口で食べてしまえる。優秀な甘味なのだ。

「まあたしかに、よくお祖母《ばあ》ちゃんの家にあるけれど」

ふたりが喧嘩してしまったのは、邪気の悪影響に違いない。私のお婆ちゃん力ではなく、甘味祓いによって邪気が祓われたのだろう。

「仕事、あと少しだから頑張ろうか」

「はい」

「わかりましたー」

なんとか残業を乗り切り、家路に就いたのだった。

私よりも一時間遅く帰宅した長谷川係長は、ぐったりしていた。即座に、邪気祓いの呪文をかける。

「遥香さん、ありがとう」

「いえいえ。今日は大変な一日でしたね」

「本当に」

マンション内は九尾神の結界があるようで、邪気は入り込んでいない。

この結界を浅草に広げられないのかと九尾神に聞いてみたが、無理だと言う。

なんでも神様として力を付けるには、年数が必要らしい。時を刻めば刻むほど、神様として大きな力を得るようだ。

夕食後、謎の邪気が拡散された件について話し合う。

『今日一日、調べ回っていたのだが、よくわからんの一言であった』

怪異はいない。けれども邪気だけが町中に溢れている。

このままでは浅草の町が、他の怪異も引き寄せてしまうだろう。

『というか、今晩のうちに怪異共がやってきて、暴れ回るだろうな』

「そ、そんな……！」

今晩、永野家と交流がある神職関係者が、結界を張ると父が教えてくれた。それが抑止力になればいいのだが。

『怪異がやってくると言えば――』

九尾神は浅草の町へ降り立ったときのことを思い出したようだ。

『通常、各町には鬼門除《よ》けがあるのだが、浅草のものは機能していなかったように思える』

「鬼門、ですか」

幼少期に、父から話を聞いたことがある。鬼門というのは、怪異たちの拠点となる幽世《かくりよ》と私達が暮らす現世《うつしよ》を繋ぐ出入り口だ。

怪異退治を生業としていた陰陽師からしたら忌むべき方角で、決して軽んじてはならないと言われていた。

「えーっと、知っている知識としては、これくらいなんですが。鬼門といえば、京都ですよね」

「そうだね。まあ、俺もそこまで詳しくはないのだけれど」

京都で暮らす人々は、全員が全員というわけではないものの、今でも鬼門を重んじて各自結界を作っている、なんて話を聞いたことがあった。

長谷川係長の実家も、鬼門除けの結界作りをしていたらしい。

「盛り塩をする程度だったけれど。修学旅行の小学生が怖がるんだよね」

「知らない人からしたら、盛り塩は心霊スポットに置かれたお清めのイメージがありますもんね」

盛り塩は神具のひとつであり、役割は厄除けや魔除けである。盛り塩があったからといって、その場で何か起こったというわけではないのだ。

心霊ブームがあった時代に、盛り塩で悪霊をお祓いするみたいな映像が流れたため、間違った印象が広がったのかもしれない。

盛り塩の話から、浅草の鬼門除けについて推測してみる。

町単位の厄除け、魔除けともなれば、大がかりなものとなるのだろう。

『通常、我のような強力な怪異は、その地域にある鬼門除けに弾《はじ》かれるはずだったのだが、あっさり入れた』

ということは、浅草の鬼門除けが破壊されている可能性があるのか。

だとしたら、とんでもない一大事である。

「九尾神の力で、なんとかできないの？」

『やりかたがわからん。言っただろうが、我は新米の神様で、何も知らないと！』

九尾神は胸を張って新人だと言い張る。

怪異としては最強クラスであった九尾神だが、神様としては未熟。これからさまざまなことを学んでいかなければならないのだろう。

「えーっと、でしたら、他の神様に習う、というのは？」

『絶対に嫌だ!!』

九尾神は九本の尻尾をピーンと立てつつ、牙を剝《む》きだしにして拒絶する。

『神社におる神格が高い神共は、誰も彼も偉そうで、話したくもない！』

「そ、そんな！」

浅草の町が大ピンチに陥っているのに、神頼みが使えないなんて。頭を抱えていたら、長谷川係長がポツリと助言する。

「だったら、付喪神《つくもがみ》を頼るのは？」

付喪神というのは、現世にある長く使われた道具などに宿る存在だ。

それは怪異だとも、神だとも言われている。正体不明と言ったほうがいいのかもしれない。

「あの、付喪神を見たことがあるんですか？」

「はっきり目にした覚えはないけれど、たまに何もないところから感じる視線は、付喪神だと思っているよ。遥香さんは？」

「私もそんな感じですかね。はっきり姿を確認したことはないのですが、特別な骨董《こっとう》品《ひん》を前にすると、何か気配を感じるときがあります」

怪異と違って、付喪神は無害なものが多い。それに神社で祀られるような偉い存在でもないので、九尾神との相性もいいかもしれない。そう思って長谷川係長は提案したようだ。

しかしながら、九尾神は顔を顰《しか》めたままである。

『古くから生きる存在《もの》は、意味もなく偉そうなのだ』

今、目の前にいる九尾神のように、などとは口が裂けても言えない。

『おい、遥香。心の内は聞こえておるからな！』

「そうだったね。その、ごめんなさい」

『許す!!』

神社の神様や付喪神からは習いたくないと言う。どうすべきなのか、頭を抱えてしまった。

「あとは、知識が豊富な新人の付喪神を探すしかないのかな……」

普通の付喪神であれば、伝法院《でんぽういん》通りにある骨董店を探ったら見つかりそうだ。あの辺りは観光客がよく行き来するので、愛想のいい付喪神がいるに違いない。

「新人の付喪神か」

通常、付喪神は古く大切にされた品に宿る。その性質は、宿ったものに引っ張られるという。

千年前の壺《つぼ》ならば雅《みやび》な平安貴族みたいな付喪神が宿り、戦国時代の鎧《よろい》には武将みたいな付喪神が宿る。

そのためここ最近作られた品物に宿った場合は、フレッシュな付喪神だということになる。

「知識が豊富で、謙虚で、優しい付喪神なんかいるのでしょうか？」

「探してみないと、なんとも言えないよね。どこに行けばいいのかな」

「ただ単純に、新品の品数の多さで言ったら、やっぱりかっぱ橋道具街ですよね」

「ああ、なるほど。明日、行ってみようか」

「あの、外は邪気だらけなのですが、大丈夫ですか？」

「大丈夫とはっきり言えないけれど、まあ、なんとかなると思うよ」

「うーん」

邪気祓いのお菓子を多めに用意しておけばいいのか。それでも心配なのだが。

「私がひとりで行ってきましょうか？」

「それは絶対にダメ」

「頼りない、ですよね」

「そうじゃなくて、俺が知らないところでトラブルに巻き込まれたら、相手を全力で呪ってしまいそうだから」

「そ、そうですか。でしたら、一緒に行きましょう」

明日、急遽《きゅうきょ》かっぱ橋道具街へ行くことに決まった。

付喪神に会えたらいいのだが……。

それよりも、どこもかしこも邪気だらけな状況で、長谷川係長の体調が心配になる。いつも以上に、しっかりしておかなければならないだろう。

『もう我は疲れた。眠るぞ』

そう言って九尾神は祭壇のほうへ飛んでいく。着地するとすぐに丸くなり、すうすうと寝息を立てはじめた。一瞬で眠れるなんて、羨ましく思ってしまう。

長谷川係長は顎に手を当てて、何か考えるような仕草を取っていた。

「正臣君、どうしたんですか?」

「いや、何を着ていこうか考えていただけ」

驚いたことに、私と出かける前日は毎回何を着ていこうか迷うらしい。

「意外ですね。クローゼットを開いて、一瞬で決めているのかと思っていました」

「そんな器用なわけないから。どういう恰好をしたらよく見られるか、悩んでいたのに伝わってなかったなんて」

同棲していなかったら、一生長谷川係長の悩みに気づかなかっただろう。

「そうだ。どれがいいか、選んでもらおうかな」

「え、そんな！　いきなり責任重大過ぎます」

「じゃあ、アウターだけでいいから」

私はクローゼットの前に連れて行かれ、長谷川係長は次々とコートをベッドに並べていく。一着一着丁寧に衣類カバーがかけられており、服を大切に扱っているのがわかる。

「これはコットンギャバジンのコート、最近買ったやつ。他には——あった。ああ、これはオイルドコートか。父のおさがりだから、ちょっと渋いかな」

説明しながら、別の場所に置いてあった衣類カバーが二重にかけてあるコートを見せてくれた。

「クラシックな雰囲気で、すてきだと思います」

「父が十五年前にイギリスで買った品らしいよ」

オイルドコートというのは、生地の表面にオイルを塗って仕上げたものらしい。他の服にはない、濡《ぬ》れたような照りがあるのが特徴か。

「へえ、油を塗った服があるんですね」

「少しオイル臭いでしょう?」

「いえ、そんなことはないですよ」

他の服に臭いが移らないように、別の場所で保管しているようだ。

「いやはや、オイルが塗ってあるなんて、不思議な服ですね」

「最初に聞いたときは、俺も驚いたよ」

なぜ、服にオイルを塗っているのか。その理由はイギリスならではだった。

「あっちは雨が多いから、防水を目的に始めたらしい」

「そういえば、イギリスの人は雨が降っても傘を差さないとか聞いたことがあります」

あとは、防寒を目的としているらしい。もともとは働く人達が着用する服だったようだが、近年はファッションアイテムとして出回っているようだ。

「まあこれは、アウトドア用だね」

オイルが商品やすれ違った人に付着してしまう可能性がある。そのため、人込みに着ていくようなものではないと言う。

「関係ない話をしちゃった」

「興味深い一着でした」

長谷川係長から教えてもらわなかったら、一生知ることがなかっただろう。

「キャンプとかも、楽しいかもしれないですね」

「いいね、暖かくなったら行こうよ」

小学生の頃、父が何度かデイキャンプに連れていってくれたのを思い出す。キャンプ道具は実家を探したらありそうだ。

と、お喋りに夢中になっている場合ではなかった。長谷川係長のアウターを決めなければならない。

クローゼットを覗き込むと、あることに気づく。

「レザー系のアウターもいっぱい持っているんですね」

「京都にいたころ、バイクによく乗っていたからね。こっちでは乗らないのに、考えもなしに持ってきただけなんだけれど」

バイクに跨《また》がる長谷川係長なんて、カッコイイに決まっている。ちなみにバイクは異動前に、知人に譲ってしまったようだ。

「ずっと前から、親にバイクは危ないから止めたほうがいいって言われていて。わかっていたんだけれど、便利だからついつい乗り回していたんだよね」

「わかります。私の場合は自転車ですけれど」

高校時代は自転車通学していた。しかしながら私にはどんくさいイメージがあるようで、叔母から「お願いだから、自転車に乗らないで」とタクシーチケットを押しつけられながら訴えられたことがあった。もちろん、タクシーチケットは受け取らなかったのだが。

最終的に叔母に泣かれてしまったので父に事情を話し、電車通学に変えたのだった。

「私の電車代を稼ぐために、父は昇進試験を受けて給料を上げてもらったそうです。大変だったみたいで、今でもぶつくさ文句を言われます」

「娘想いなお父さんだね」

電車の定期代を叔母が払うと言い張っていたのだが、母は絶対に受け取らなかった。私に対する叔母の甘やかしに、母は厳しかったのだ。二十歳を超えてからは自分で判断するようにと言ってくれるようになったので、このマンションでの生活ができているのだが。

またしても、話が逸《そ》れてしまった。

「そうだ。明日、レザーにしません？」

「町中でレザーか。ちょっと厳《いか》つい感じになりそうだけれど」

「むしろ見たいです！」

「わかった。考えてみるよ」

明日のお出かけが断然楽しみになってしまった。


朝――カーテンを開ける音でハッとなる。

太陽の光がこれでもかと差し込み、強制的に目覚めてしまった。

「ううっ！」

『遥香、起きろ！』

ジョージ・ハンクス七世が私の額の上にもちっと着地し、じたばたと動く。

「もう、朝なの？」

『とっくに朝だ』

枕元で充電していたスマホを手に取り、時間を確認する。

どうやら八時過ぎまで眠っていたようだ。長谷川係長はすでに目覚めているだろう。

「九尾神は？」

『お前が昨晩、祭壇に置いていたパウンドケーキを食べていたみたいだ』

「そっか。よかった」

早朝、お腹が空いてもいいように、お菓子を奉納しておいたのだ。作戦は大成功だったようだ。

久しぶりにゆっくり眠ったような気がする。心なしか、体の疲れも取れているような気がした。

パジャマのまま洗面所に行くと、長谷川係長の姿があった。

香水を手にしていて、シャツを捲《めく》って腰辺りにかける瞬間を目撃してしまう。その仕草はとてつもなく色っぽい。なんだか見てはいけない場面を目にしたようで、ドキドキしてしまった。

長谷川係長はすぐに私の気配に気づき、目を細める。

「おはよう」

「おはようございます」

ふんわり微《かす》かに香水の香りを感じる。そういえば普段、長谷川係長は無臭だが、プライベートででかけるときは、ほんのりいい匂いがしていたのだ。

ウッディ系の落ち着いた香りで、鼻に残るほど強くなく、さわやかな感じと言えばいいのか。長谷川係長の香水は抱きしめられたときなど、ぐっと接近した瞬間にしかわからない。うなじではなく腰につけているので、少し近づいた程度では強く香らないのだろう。

「香水、何を使っているんですか？」

「これ」

シンプルなパッケージの、海外製の香水だった。くんくんと香りをかいでみるも、日頃から感じていたものと少し違った。たぶん、長谷川係長自身の匂いと混ざっているので、香水自体の香りと異なるのだろう。

香水に気を取られていたが、長谷川係長はすでに着替えていた。昨日私がリクエストしたとおり、レザーを取り入れた恰好である。

けれども、バイク乗りが着ているような厳つめのコーディネートではない。シャツにボルドーカラーのニットを着て、その上にA-2タイプのレザージャケットを羽織っていた。ズボンはスラックスで、レザーを合わせた服装なのにエレガントな雰囲気がある。

そうきたか、と思わず恐れ入った。

「どうかな？」

「とんでもなくお似合いです」

本日も完璧にかっこいい長谷川係長を前に、うっとりしている場合ではない。私も身なりを整えなければならない。

「朝食を準備するから、その間に着替えてくるといいよ」

「ありがとうございます」

一度隣の叔母の部屋に戻り、昨晩から目星を付けていた服を確保する。

ハーフネックのニットワンピに、フワフワのぬいぐるみみたいな手触りのボアブルゾン。仕上げに、黒いキャスケット帽を被る。

ニットワンピは腰部分をベルトで締めるのでエレガントに見えるが、キャスケット帽とブルゾンを合わせることによってカジュアルにも見えるのだ。

靴はお正月のセールで購入した、革のショートブーツ。偶然にも、長谷川係長のジャケットと同じ色合いだ。

どこかに革物を取り入れようと思っていたのだが、まさかの一致だった。

髪はストレートアイロンでゆるふわに巻いておく。いつも髪は結んでいるけれど、たまには下ろした髪形もいいだろう。

髪形が整ったあとは化粧を施す。化粧映えする顔ではないので、ササッと十分ほどで仕上げた。

「これでよしっと！」

窓を閉め、お掃除ロボットを起動させてから、長谷川係長の部屋へと戻った。

扉を開けた途端、パンが焼けるいい匂いが漂う。台所を覗き込むと、長谷川係長がオーブンから天パンを出しているところだった。

調理台に天パンを軽く叩きつけると、上に載っていたパンがぴょんと跳ねる。

ベーコンとチーズのロールパンを作ったようだ。

「わあ、おいしそう！　朝からパンを仕込んでいたのですか？」

「これは市販のパイシートを使って焼いただけ」

正確には、ベーコンとチーズのロールパイらしい。

「簡単だよ。解凍したパイシートにチーズとベーコンを重ねて、くるくる巻いて、カットして焼いたんだ」

ロールパイは白いお皿に盛り付けられる。他にスクランブルエッグとサラダ、マグカップに注がれたスープも添えられていた。オシャレで贅沢なワンプレートである。

九尾神の分も用意されていて、長谷川係長が祭壇に置いた瞬間にパクパク食べ始めていた。

「食べようか」

「はい」

手と手を合わせ、感謝しながらいただく。

ベーコンとチーズのパイは、生地はサクサク、焼きたてなのでチーズがとろーりと伸びて、ベーコンからは肉汁が滴る。とてもおいしいパイだ。

スープはミネストローネ。トマトの酸味が利いていて、朝のぼんやりした頭にいい刺激になる。柔らかくなるまで煮込まれたニンジンやジャガイモが、ほくほくでおいしかった。

サラダのドレッシングは手作りらしい。グレープフルーツとオリーブオイル、酢、塩コショウなどを合わせたもののようだ。あっさりしていて、朝にぴったりなサラダだった。

お腹が満たされたところで、九尾神がテーブルのほうへと飛んでくる。口に銜《くわ》えていた数珠《じゅず》を、私と長谷川係長の前に置いていった。

「九尾神、これは？」

『特製の邪気除けだ。やり方がよくわからんから、適当に作った。まあ、その辺を漂っているものは除けられるだろう』

外を歩き回るだけで、長谷川係長は具合が悪くなっていたのだ。これがあれば、調査もしやすくなるだろう。

『昨日、お前らが邪気がどうこうとワーワー言っていたから、仕方なく作ってやったのだぞ』

「ありがとうございます」

早速腕に装着する。深い赤色の美しい数珠だった。

「この石、きれい」

『それは〃柘榴石《ざくろいし》〃だ』

その昔、九尾の狐時代に、裕福な求婚者から受け取ったネックレスを加工したものだと言う。

『柘榴石は邪気を祓う力がある。また、実りの象徴でもあるぞ。身に着けていたら、よいことが起きるだろう』

長谷川係長は蜂蜜を固めたような数珠だった。

『正臣、お前の数珠は〃琥珀《こはく》〃だ』

なんでも琥珀は息災をもたらし、長寿へ導く力があるらしい。また、心身の不調を取り除き、生きる力を高めてくれると言う。

『お前は遥香の命ばかりを重んじ、自らの命を軽んじているように思える。このままでは長生きできぬと思って、琥珀を選んだのだ』

本当に、九尾神の言うとおりである。私と出会ってから、長谷川係長がどれだけ身を挺《てい》して私を守り、ケガを負ったことか。

しかし、治癒の能力があるものの、これを頼っていろいろと無謀な作戦には出てほしくない。その前に、自分の体を大事にしてほしかった。

「ありがたく、頂戴します」

『うむ！』

ひとまず、邪気の心配はなくなりそうだ。

『気を付けて行ってくるように！』

「九尾神は一緒に行かないの？」

『神というのは、自らの本拠地でどっしり構えておくものだろうが！』

「それはたしかにそうだけれど」

現地についていってもらったほうが、付喪神と気が合うか話せるのでいいと思っていたのだが。本人はトレンディドラマの一挙放送を見るので忙しいと言う。

『今日は平成初期の名作〝新宿ラブストーリー・男女十五名恋愛物語〟、全六話を観るのだ！』

「え、十五名の恋愛物語って六話で収拾つくの？　その前に、十五人ってひとりあぶれるような気がするんだけれど」

「遥香さん、ドラマはあとでも見られるから、ひとまずでかけようか」

「あ、はい。そうですね」

ツッコミどころがあるトレンディドラマはひとまず頭の隅へと追いやり、長谷川係長と一緒に、かっぱ橋道具街に向かうこととなった。

ジョージ・ハンクス七世は私の鞄の中に入り込む。

『何かあったら、俺がお前を守ってやるからな！』

「ジョージ・ハンクス七世、ありがとう」

つい先日、ジョージ・ハンクス七世はマダム・エリザベスのもとで修行を行っていた。私との契約下では満足に戦闘能力を発揮できないと言うので、一度契約破棄した状態で戦うという裏技を習得したようだ。

なんとも頼もしいハムスター式神である。

「今日もよろしくね」

『おうよ』

ジョージ・ハンクス七世は今日も気合いたっぷりであった。

モチオ・ハンクス二十世は私の部屋にタブレットを持ち込み、アニメを視聴しようとしていた。

九尾神とはテレビの趣味が合わないようだ。さらに、戦闘ものだと応援のかけ声も上げるので、集中できないらしい。

「モチオ・ハンクス二十世、今日はルイ＝フランソワ君が来ないから、何かあったら連絡よろしくね」

『……気が向いたら』

不安は残るが、彼を頼るしかない。ひとまず、前払いの報酬としてスーパーに売っていた駄菓子の詰め合わせセットを渡しておく。

嬉しかったのか、袋をぎゅっと抱きしめ、小さな声で『……ありがとう』と言っていた。

モチオ・ハンクス二十世に留守番を託し、私達は出発する。

鍵をかけて振り返った長谷川係長に、革のショートブーツをアピールしてみた。

「見てください。ブーツのカラーを、正臣君のジャケットのカラーに合わせてコーデしてみました」

「天才の発想だね」

「えへへ」

褒めてもらえたので嬉しくなる。そんな私の頭を、長谷川係長はよしよしと撫でてくれた。

外に出ると、邪気が私達を避けていくのがわかった。

「わ、すごい。効果抜群ですね」

「だね。さすが、古代から生きる神様だ」

実力はたしかにあるのだろう。だが、その使い方がわからないのは大問題だ。

九尾神と気の合う付喪神がいればいいのだが。

今回のマッチングが成功することを、心の奥底から願うばかりだ。

道行く人達は顔色が青白く具合が悪そうにしている。昨日、いろいろと事件が起こったからか、警察官が巡回していた。その警察官も顔色が真っ青である。一刻も早く、解決したほうがいいだろう。

「正臣君は邪気、大丈夫ですか？」

「うん、平気。甘味祓いをかけたクッキーを出発前に食べたのがよかったのかも」

九尾神の数珠も効果を発揮しているのだろう。何はともあれ、問題ないようなのでホッと胸をなで下ろす。

バスに乗り、かっぱ橋道具街を目指す。

途中、父からの連絡が届いた。昨晩、邪気祓いの儀式を行ったようだが、効果はいまひとつだったという。

休日だが、歩き回らずに家で大人しくしているように、と書かれてあった。すでに外に出ていて、歩き回っているのだが。

今日のことは、ひとまず父には黙っておこう。

あっという間に、かっぱ橋道具街に着く。昨日の騒動の影響なのか、人はさほど多くないように感じた。

コック帽を被った巨大なおじさんの像を前にすると、かっぱ橋道具街にやってきたな、という気分になる。

幼少時、あのおじさんが怖くて、涙したのをふと思い出してしまった。

「あれ、いつ見てもすごいよね」

「迫力満点です」

そこはコック帽を被るような人が御用達《ごようたし》にするような、洋食器と料理道具を売るお店である。

明治時代に創業された歴史あるお店で、種類豊富な商品が取りそろえられているようだ。

「あちらから見てみますか？」

「うーん。洋食器だったら、付喪神がいるイメージはないような気もするけれど。いたとしても、九尾神と気が合うとは思えないな」

「たしかに」

洋食器には、陽気なノリの付喪神がついていそうだ。

ひとまず、付喪神がいそうな日本ものの商品を取り扱うお店から探してみることにした。

「このコック帽のおじさんがいるお店の先から、百七十くらいのお店があるそうです」

「それだけあれば、新品の品物に取り憑く付喪神がいるかもしれないね」

「頑張って、探してみましょう」

鍋をメインとした金物店に、キッチン用品ばかり取りそろえたお店、包丁などの刃物を取り扱うお店など、業務向けの店舗がここぞとばかりに並んでいた。

中でも心がときめいたのは、製菓用品を専門的に販売するお店だった。

壁一面にさまざまなサイズのケーキ型がかけられていたり、珍しいクッキー型があったり。泡立て器ひとつにしても、大きいものから小さいものまで、たくさんの種類が揃えられていた。製菓道具だけでなく、お菓子作りや飴細工などに使う色素や香料なども置いてあった。

なんでも一万点以上の品数があり、目がいくつあっても見きれないようなお店である。

「ああ、欲しい道具ばかり……！」

ハッと我に返り、背後を振り返る。呆《あき》れた表情の長谷川係長がいるかと思いきや、慈愛に満ちた表情で私のほうを見つめていた。

「す、すみません。任務を忘れて、夢中になっていました」

「大丈夫。それに興味深い発見をしてしまった」

「なんですか？」

「遥香さんが楽しそうにしていると、周囲に漂っていた邪気が逃げて行ったんだ」

「特にお祓いをしていないのに、そういうことがありえるのでしょうか？」

「ありえるのかも」

邪気は恨み、妬み、怨嗟《えんさ》、憎悪、自棄、破壊衝動などの負の感情から生まれる。

ならば、喜び、楽しみ、希望、幸福、愛《いと》しさなどの正の感情を抱いていたら、邪気を吹き飛ばせるのか。

「えっと、だったら、試してみたいのですが」

長谷川係長の周辺は、まだ邪気が漂っている。ここで、長谷川係長が邪気を吹き飛ばせたら、邪気は陰陽師だけでなく普通の人たちにもどうにかできるということになるのだ。

「そういうわけですので、正の感情を沸き立たせることはできますでしょうか？」

「いや、急に言われても。そうだな……」

しばし考える素振りを見せる。上手く考えがまとまらないのか、眉尻は下がったままだった。

「うーん。一番の幸せは遥香さんを抱きしめることなんだけれど、町中でできるわけないよね」

「そうですね」

町中でよかった、と心から思ってしまった。

もちろん触れ合うことは嬉しいが、邪気を祓うためだと言って頻繁にされると心が持たない。

いまだに、長谷川係長のかっこよさに慣れておらず、緊張してしまうのだ。

「だったら、俺を褒めてくれない？」

「ほ、褒める、ですか？」

「そう。普段からいろいろ言ってくれるけれど、褒められる機会はあまりなかったなと思って」

未熟な私が、長谷川係長を褒めるなんておこがましいにもほどがある。まさかの褒められたい願望に、驚きを隠せなかった。

「遥香さんが褒めてくれたら、邪気を吹き飛ばせそう」

「うう……」

ここで正の感情から邪気を吹き飛ばせるとわかったら、大きな収穫となるだろう。恥ずかしがっている場合ではないのかもしれない。

「わ、わかりました。褒めて、みます」

ぐっと拳を握り、気合いを入れる。じっと長谷川係長を見つめ、言葉を絞り出そうとする。だが、まっすぐに見つめ返され、盛大に照れてしまった。

改めて面と向かって褒めろだなんて、ハードルが高い要望をしてくれる。

こうなったら、腹を括《くく》るしかない。ごくごくシンプルな言葉で、長谷川係長を褒めてみることにした。

「えーっと、正臣君は、毎日お仕事を頑張っていて、とっても偉いです！」

あまりにも内容がない褒め言葉だったからか、長谷川係長は無表情だった。

失敗してしまった。もっと別のものを――と思い直した瞬間、長谷川係長の周囲に漂っていた邪気がサ――ッと消えていく。

「え？」

驚いたことに、先ほどの一言で邪気を祓ってしまったようだ。

「ま、正臣君、邪気がなくなりました」

「あ、そうだね。びっくりした。こんなに効果的なんだ」

「ですね。いやでも、さっきの褒め言葉、そんなに嬉しかったんですか？」

「もちろん」

社会人になると毎日働くことが当たり前という認識なので、褒められて嬉しいと言う。シンプルな内容で正解だったようだ。

「あと、遥香さんに名前を呼ばれただけでも、相当嬉しかったかも」

「そうだったのですね」

邪気があっさり祓えるなんて、これまで誰も発見できなかった。

私や長谷川係長と違って、邪気が目に見えない人達がほとんどなので、仕方がないのだろうけど。

「この世の中の人たちが幸せで、毎日明るい気分でいたら、邪気はなくなるんだね」

「ええ」

でもそれは極めて難しいことなのだろう。誰もが皆、苦しみの中でもがいて生きているから。

「遥香さん、ここはまた今度で、ゆっくり見にこようね」

「そうですね」

先に進んで、付喪神を探さないといけない。そのために、製菓道具の専門店をあとにしたのだった。

十一時から二時間ほど探し、その後に一時間半の昼休憩を挟んだあと、さらに三時間ほど探し回った。

すっかり夕方となり、お店の閉店時間も近づいていく。

「次が最後の店になりそうだ」

勝負をかけたのは、陶器や磁器の食器を専門的に扱うお店だった。

一歩足を踏み入れると、圧倒されるくらいの食器が視界に飛び込んでくる。

「これだけあれば、どれか該当しそうです」

「だといいけれど」

神経を尖らせ、付喪神の気配を探っていく。

しかしながら、特別な光を発したり、物音を鳴らしたりと、存在を確認できる合図は見つからない。

「やはり、骨董店に行かないと難しいんでしょうか」

「そうかもしれないね」

店内に閉店時間を知らせるアナウンスが鳴り始める。BGMは〝蛍の光〟だった。

スマホで確認すると、現在の時刻は十七時五十五分。閉店時間五分前である。

「遥香さん、明日、また探しに来ようか」

「ええ、そうですね」

だが、かっぱ橋道具街は日曜日の営業率はぐっと下がる。以前、半分以下だと聞いたことがあったような。

開いているお店が少ないのであれば、ここではなくデパートのほうがいいのかもしれない。

遠くから店員さんがこちらをちらちら見ている。いつ出るか、気になるのだろう。

「何か買って帰ったほうがいいのかも?」

「そうですね」

店内を見回るのに三十分ほど時間をかけてしまった。手ぶらで出ていくわけにはいかなかった。

「正臣君、あっちにレトロな食器がありますよ」

「本当だ。けっこうたくさんあるね」

大胆な配色で大きな花模様があしらわれたガラスコップに、ずっしりと重みを感じる炻器《せっき》のお皿、幾何学模様がプリントされた茶碗《ちゃわん》などなど、豊富な種類が揃えられていた。

赤や黄色、緑にオレンジといったビタミンカラーが使われているからか、眺めているだけで元気になるような気がする。

「こういうの、一周回って可愛く見えます」

「たしかに、オシャレに見えるね」

九尾神に奉納する料理に使うのはどうかと提案したら、賛成してくれた。炻器のお皿は重量があるので、九尾神が勢いよく食べても動かないだろう。

大皿に小皿、カレー皿にグラタン皿、ガラスコップにマグカップ、と手にする品々を、買い物かごを持つ長谷川係長に渡していく。

あとは茶碗を選ぼう。そう思った瞬間、キーンという高く澄んだ音が聞こえた。

磁器を指先で弾いた音のように思えたのだが、私はいっさい触れていない。長谷川係長もだ。

続けてもう一度、キーンという音を耳にする。

「遥香さん、この音は？」

「正臣君にも聞こえていましたか？」

集中し、耳を澄ませる。すると、キーン、キーン、キーンと続けて鳴った。そのおかげで、音の正体に気づく。

ザ・昭和レトロっぽい、ポップな花柄の茶碗に、フワフワした綿がご飯みたいにすっぽり収まっているのを発見する。

「これだ！」

手に取ると、綿にショボショボした目とおちょぼ口があるのに気づく。

茶碗にしがみつく小さな手があり、ゆらゆら揺れる尾もあった。

間違いない。これは付喪神である。

さらに、この特徴的なフォルムは見覚えがあった。

「この子、綿埃君だ！」

「遥香さん、先に会計をしよう」

「あ、はい。そうですね」

閉店一分前だった。急いで買い物かごに入れた食器を精算する。

会計を担当したのはお店の店主さんで、時間ギリギリになって申し訳ないと謝罪すると、笑顔で応じてくれた。

「ここら辺の食器は昭和時代からの売れ残りで、割引しても売れないんです。こんなにたくさん買ってくれて、助かりました」

店の奥にあるので、余計に売れないのだろう。

こういう昭和レトロな柄は私達の世代からしたら、新しくて可愛く見える。たくさんの人達が目に付くところに置いたら、あっという間に売れてしまいそうだ。

購入した食器はひとつひとつ丁寧に、新聞紙に包んでくれた。付喪神が憑いたものは、私の鞄に入れておこう。

ひとつだけハンカチに包んで鞄に入れる私に、店主さんはおかしな顔をしないどころか、割れないようにと発泡シートを分けてくれた。

発泡シートとハンカチに包まれた付喪神が入ってきた瞬間、ジョージ・ハンクス七世が『なんだこいつ』と呟く。

付喪神のほうを確認してみると、動じた様子はまったくなかった。初対面のハムスター式神に動じないとは、大物なのかもしれない。

ひとまず、九尾神と会わせる前に付喪神と話をしたい。そんなわけで、急いでマンションに戻り、長谷川係長の部屋ではなく、叔母の部屋のほうで対面する。

ジョージ・ハンクス七世を先に出し、続いて付喪神をテーブルの上にそっと置いた。

長谷川係長と並んで座り、付喪神を覗き込む。

「遥香さん、そういえばさっき、綿埃がどうとか言っていたね」

「そうなんです」

以前、長谷川係長にも紹介したような気がする。フワフワとした、綿埃君と名付けた真っ黒い怪異である。

害はなく、私のお菓子を食べるけれど酷く臆病な性格だった。しばらく町中で見かけていなかったのだが、まさか付喪神と化していたなんて。

「あの、私、あなたにお菓子を分けていたんです。覚えていますか？」

話しかけると、ぷるぷると震え始めた。ジョージ・ハンクス七世が『声がする！』と反応する。なんでもとても小さな声らしい。

耳を澄ませて、もう一度問いかけてみる。すると、声が聞こえた。

『お菓子な陰陽師、覚えている』

「喋った！」

お菓子な陰陽師というのは、甘味祓いで怪異の邪気を祓う私のことだろう。

まさか、覚えてくれていたなんて……！

それから付喪神は、ポツリ、ポツリと話し始める。

なんでも私のお菓子を食べ続けていたら、邪気がすべて浄化されていったらしい。

まっさらな状態となり、怪異ではなくなってしまったと言う。

その後、町を漂ううちに、かっぱ橋道具街に行き着き、居心地がよい食器を発見して取り憑き、付喪神と化していたようだ。

神様としては新米であるものの、選んだ食器が昭和に作られたものでそこそこ歴史がある。そのため、九尾神をサポートする能力があるだろう。

協力してくれるようなので、ホッと胸をなで下ろす。

「そういえば、綿埃君、名前は？」

『ない、命名して』

責任重大である。

長谷川係長のほうを見たが、私に決めるようにと言われてしまった。

「うーん、ど、どうしようかな」

正直、ネーミングセンスがあるとは思えないのだが。考えても仕方がないので、腹を括った。

綿埃君は綿埃君だ。ただ、神様を君付けで呼んでいいわけがない。

そのまま〝綿埃神〟と名付けるのもどうかと思う。今の綿埃君は、以前のように真っ黒ではなく、埃の集合体には見えないから。

ならば、別の呼び方にしてみよう。そう思って提案してみた。

「〝白綿神《しらわたしん》〟というのはどうかな？」

『いい。気に入った』

受け入れてくれたようで、ホッと胸をなで下ろす。

綿埃君、改め、白綿神の協力を得ることに成功した。

あとは、九尾神とのマッチングが上手くいくかである。白綿神が収まった茶碗を両手で持ち、長谷川係長と共に部屋に帰る。

「た、ただいま帰りました」

返事はない。ドキドキしつつ、長谷川係長と顔を見合わせる。

「遥香さん、大丈夫だから」

「え、ええ」

リビングへ行くと、九尾神がお腹を上にした状態で夕方のニュースを見ていた。私達のほうを見て、耳をピンと立てる。白綿神に気づいたようだ。

『そいつが付喪神か？』

「はい。白綿神です」

テーブルに置くと、九尾神は跳び乗ってきた。くんくんと匂いをかぎ、茶碗を爪先で突いたあと、白綿神自体にもモフモフと触れていた。

白綿神は九尾神を怖がる様子はなく、されるがままであった。

『おい、お前。白綿神と言ったな？』

『そう』

『神として、何をすべきか知っているのか？』

『少しだけ』

九尾神は何を思ったのか、前脚を二本使い、白綿神をぎゅうぎゅうに潰し始める。

ここまでされても、白綿神は無反応であった。

『なるほど。我の圧力にも屈しない、強靭《きょうじん》な精神を持っているように思える』

九尾神は物理的な確認で、白綿神の強い精神を見抜いたようだ。圧力に屈しないとはそういう意味ではないのだが、神様には神様のやり方があるのだろう。

『白綿神よ、これからよろしく頼む』

『九尾神、よろしく』

挨拶を交わすと、九尾神は白綿神の茶碗を咥《くわ》え、祭壇のほうへ運んで行った。

想像していたとおり、昭和レトロな食器は九尾神によく似合う。

『さっそくだが、今、浅草で起こっていることについて、何か知っていたらこの我に知らせるように』

『鬼』

『ん？』

『ここに、鬼が、迫っている』

白綿神の発言を聞いて、シ――――ンと静まり返る。

とんでもない情報が投下された気がした。聞き間違いだろうか。長谷川係長のほうを見たら、口元に手を当てて驚いた表情でいる。

やはり、〝鬼〟と聞こえたのは間違いではなかったらしい。

『声が小さくて、聞き取れなかったぞ。もう一度申してくれ』

『鬼、接近！』

白綿神がハキハキと言ったあと、エントランスからの呼び出し音が響き渡る。絶妙なタイミングだったので、跳び上がるほど驚いてしまった。

長谷川係長がインターホンを覗きにいく。すると、先ほど以上に瞠目《どうもく》しているではないか。まるで、鬼を前にしたような恐怖を感じとってしまう。

いったい誰がやってきたというのか。ジョージ・ハンクス七世が長谷川係長のほうへ駆けていき、肩に乗って覗き込む。

ジョージ・ハンクス七世は小首を傾《かし》げ、私に来るようにと手招いた。長谷川係長にとっては恐怖の対象だが、ジョージ・ハンクス七世にとってはそうではないらしい。

立ち上がるのと同時に、九尾神が私の肩に跳び乗る。

そのままディスプレイに映った姿を覗き込んだ。

映っていたのは――上品そうに見える六十代くらいの、ファー付きのコートをまとったご婦人である。

それを見た九尾神が叫んだ。

『ヒッ、鬼婆《おにばば》!!』

慌てて九尾神の口を摑んで、強制的に黙らせる。ご婦人は邪気をまとっていないので、怪異ではないだろう。

ディスプレイに映ったご婦人を神妙な顔付きで見つめる長谷川係長に、恐る恐る問いかける。

「えっと、こちらの女性は、お知り合いですか？」

「知り合いというか、まあ、母親なんだけれど」

そう口にした瞬間、ディスプレイの表示が消えた。

「お、お母様、ですか!?」

「そう。でも、上京するって聞いていないし、どうして突然……？」

再度、インターホンの呼び出し音が鳴り始めた。

「出ないんですか？」

「正直出たくはないというのが本音だね」

そう言いつつも、通話ボタンを押す。

「はい」

『正臣？』

「そうだけれど、何か用事？」

「まあ！　京都からはるばるやってきた母親に対して、その口の利きようはなんなのですか!?」

厳しそうなお母さんである。長谷川係長はため息をつきつつ、エレベーターホールへ繋がる自動ドアの開ボタンを押していた。

「あの私、隣の家に戻っていたほうがいいですよね？」

「いや、むしろここにいて。そろそろ、親に紹介したいって思っていたから」

「え、そ、そんな！」

一日中北風にさらされて頭はボサボサだし、服も長谷川係長のお母さんに会うようなきっちりした恰好ではない。

「ま、待ってください。一回お風呂に入って、着替えて、化粧をし直して――！」

菓子折りも用意したい。

そう言い切ったあと、ピンポーンと呼び出し音が鳴った。

ヒッ！という悲鳴を、喉から飛び出る寸前で呑み込む。

「会うのが嫌だったら、寝室に隠れていてもいいよ」

「いえいえ、そんな！　お会いしたいです」

「無理しなくてもいいのに」

なかなか京都まで行く機会がないので、会えるならば会っておきたい。けれども、心の準備がまったくできていない状態だった。

「遥香さんはここで待っていて」

「は、はい」

　座って待つわけにもいかず、直立不動で待機する。緊張で胸がバクバクだった。額にも汗が滲《にじ》んでいるような気がする。そっとハンカチで拭ったが、ファンデーションが溶けて顔がテカっているように思えてならない。

　やはり、面会は次の機会がいいのか。判断力の甘さに、絶望してしまった。

　しかし、こうなったら、腹を括るしかないのだろう。

　そうこう考えているうちに、玄関のほうから声が聞こえた。

　九尾神は毛を逆立たせつつ、祭壇へ飛んでいく。神棚の裏に隠れ、様子を窺《うかが》っているようだった。

「え、中学の同窓会でこっちに？　連絡したら迎えに行ったのに」

「そうしたら、あなたはいい感じのレストランに連れて行って、私にワインをしこたま飲ませて、そのあとタクシーを呼んで別れるコースにするでしょう？」

「食事のあと家に招待する息子なんて、めったにいないと思うよ」

　とてもハキハキとした喋りで緊張感も高まってしまう。標準語なのは、長谷川係長のお母さんが埼玉出身だからなのだろう。

「突然来られても困るんだけれど」

「たまには家を訪問して、変なことをしていないか、しっかり確認しなければなりません」

「変なことって？」

「あなた、高校時代に友達の猫を預かっていたでしょう？　部屋で見つけた瞬間、息が止まるかと――」

長谷川係長のお母さんはショールを外しながらリビングに入ってきて、借りた猫のように待つ私を見て驚く。

「なっ――!?」

「母さん、彼女は前に報告した永野遥香さん。今、一緒に暮らしているんだ」

長谷川係長は私との交際について、報告していたらしい。永野家が陰陽師の家系であり、鬼の一族について理解があることも伝えていたようだ。

長谷川係長のお母さんは陰陽師業ではなく、神職関係者でもない。一般人だが、長谷川家の事情はよく理解しているらしい。

ただ、私と一緒に住んでいるという話までは聞いていなかったようだ。

「暮らしているって、同棲しているってこと？」

「そう」

長谷川係長のお母さんは額に手を当てて「なんてことなのでしょう」と呟いていた。それも無理はないだろう。ひとり暮らしかと思いきや、彼女がいるのだから。長谷川係長のお母さんは、腰を抜かしたようにソファにストンと座り込んだ。

「あの、初めまして。永野遥香と申します」

顔色が悪い。鞄に入れていたミネラルウォーターを差し出したが、受け取ってもらえなかった。

「水は不要です。それよりも背後の祭壇は、あなたが用意したの？」

振り返った先にあったのは、九尾神を祀った立派な祭壇である。九尾神や白綿神が見えている様子はなかった。

「あれは、両親と一緒に作ったものです」

五段もある祭壇は、実家に保管されていた私のひな人形の飾り台を使ったものである。神棚はホームセンターで購入し、奉納したお菓子や料理は私の手作りだ。

そんな説明をし終えると、長谷川係長のお母さんがふるふると震えているのに気づいた。

「永野さん、だったでしょうか？　あなたのご実家が、陰陽師の家系だというのは存じていましたが、まさか、息子がこのような屈辱を受けていたとは思ってもいませんでした」

「屈辱、ですか？」

察しが悪かったからか、ジロリと睨まれてしまう。胃の辺りがスーッと冷えていくような、心地悪い感覚を味わってしまった。

長谷川係長が屈辱とはどういう意味か、と尋ねる。

「この祭壇は、あなたが鬼の一族の生まれで不吉だから、用意した物なのでしょう？」

「母さん、違う。これは――」

「これは？」

異国の怪異であった九尾神を祀るものだが、この話は口外しないほうがいいと話し合っていた。

「正臣、あなたはこちらの女性に騙《だま》されているのではなくって？」

「騙される？」

「ええ。あなたを弱体化させたあと退治して、自分の手柄にしようと企《たくら》んでいるのかもしれない、という話です」

「それはない！」

「証拠は？」

やっていないことの証明は難しい。長谷川係長は眉間に皺を寄せ、深いため息をついていた。

「俺についていろいろ言うのは構わないけれど、遥香さんについて、よく知りもしないのに、憶測から失礼な発言をするのは許さない」

「まあ!!」

私だけでなく、長谷川係長までもお母さんに睨まれてしまった。罪悪感を覚えたからか、胃がキリキリと痛む。

こういう事態になるのならば、今日は面会しなければよかった。

そもそも、予定していない場で挨拶しようと意気込んだこと自体が浅はかだったのだろう。

「あ、あの、また、後日、お話しできたらなと、思っています」

今日のところは、親子水入らずでごゆっくりお過ごしください。そう言って去ろうとしたら、長谷川係長は私の手を掴む。

「遥香さんはここにいて。母さんを追い出すから」

「な、なんですって!?」

「勝手に来たのはそっちでしょう。なんで、ここに住んでいる遥香さんが出ていかなければならないのか」

私自身が喧嘩の原因なので、出て行こうと思ったのに、まさか止められてしまうとは。強く摑まれているわけではないのに、どうしてか振りほどくことができなかった。

「反対します」

「え？」

「あなたたちの交際に、私は反対すると言ったのです！」

冷水を頭からぶちまけられたような衝撃を受ける。

「このことは、お父さんにも伝えておきますので」

長谷川係長のお母さんは鞄を脇に抱え、キリッとした表情で部屋から出て行く。

バタン！と玄関の扉が閉ざされる音でハッとなった。

体が勝手に動き出す。長谷川係長のお母さんのあとを追いかけなければ。

エレベーターを待っている後ろ姿を発見した。

「あ、あの、長谷川さん！」

私が追いかけてくるとは思わなかったのだろう。驚いた表情で振り返る。

「あなた、直談判《じかだんぱん》をしにきても、交際を許可しませんからね」

「えっと、はい」

素直に返事をしたので、訝しげな顔をされてしまった。

「あの、交際についてではなくて、その、今、浅草の町でおかしな事件が起きているのはご存じでしょうか？」

「ええ、知っていますけれど」

危険だとわかっていて、長谷川係長に会いにきたらしい。無事だったからよかったものの、何かあったら大変だ。

「あの、これ」

腕に装着していた、九尾神特製の数珠を差し出す。

「それは、なんなの？」

「えーっと、なんと言えばいいものか」

神様が作った邪気除けのお守りだなんて、胡散臭《うさんくさ》く聞こえてしまう。一生懸命、それ以外の説明をひねり出した。

「こちらは、災いを跳ね飛ばすパワーストーン、みたいなものです。その、ここ最近、浅草の町で不可解な事件が多発していますので……」

長谷川係長のお母さんの眉間の皺は、さらに深まってしまった。こういうとき、口が上手く回ればいいのに、と自己嫌悪に陥る。

「あなた、こういう品物を売って、商売をしているのではないでしょうね？」

「まさか！　私はただの会社員です。その、正臣さんと同じ会社に勤めているんです」

「あら、そうだったのね。でも副業、っていうの？　この数珠を私に売りたいのでしょう？」

「いいえ、無料です！」

なんだか通販番組でよく聞く「今なら無料《ただ》です！」みたいな言い方をしてしまった。

疑惑の視線はさらに強まってしまう。

「今の浅草の町は、本当に危険な状況なんです」

大量の邪気が漂い、大変危ういと訴えるが、いまひとつピンときていないようだ。

小首を傾げ、不思議そうに私を見つめていた。

「邪気は目に見えるわけではないのに、どうして危険だと言えるのですか？」

「そ、そうですよね」

胡散臭い陰陽師というイメージを、さらに強くしてしまったようだ。

しょんぼりとうな垂れていると、差し出していた数珠が手からなくなっていた。

「よく見たらきれいだから、いただいておきます。あとから返すように訴えても、返品しませんからね」

「あ、ありがとうございます！」

長谷川係長のお母さんは数珠を腕にはめ、やってきたエレベーターに乗る。深々と頭を下げて、見送った。

受け取ってくれてよかった。ホッと胸をなで下ろす。

部屋に戻ると、長谷川係長が腕を組んで待っていた。

「おかえり」

「た、ただいま戻りました」

気まずい空気のまま、リビングへ戻る。テーブルには長谷川係長が淹れてくれたコーヒーが湯気を立てていた。

ミルクと砂糖をたっぷり入れてからいただく。

「母さんを追いかけていった遥香さんを止めようとしたら、ジョージ・ハンクス七世に制止されて」

ひまわりの種を食べていたジョージ・ハンクス七世が、こくこくと頷く。

『遥香に任せておけって、言ってやった』

「ジョージ・ハンクス七世、ありがとう」

何を伝えたのかと聞かれ、正直に打ち明ける。

「あの、非常に言いにくいのですが」

その言葉を口にした瞬間、長谷川係長はぎらつかせた目で私を見る。思わず、ヒッ!と悲鳴を上げそうになった。

「まさか、母の言い分を受け入れるって言いに行ったの?」

「いえいえ! そうではなくて——」

数珠を嵌《は》めていた手首を見せる。すると、長谷川係長は私がしたことを理解したようだ。

「母に、邪気除けの数珠を渡したの?」

「はい」

「そうだったんだ」

途端にしんみりした空気になりかけたが、九尾神が見逃すわけがなかった。

『遥香! 我が渡したとっておきの数珠を、さっきの鬼婆に譲渡したのか!?』

「鬼婆じゃないから」

『昔見かけた鬼婆も、あんな感じだったぞ!』

「ぜんぜん違うからね」

数珠を渡してしまったお詫《わ》びとして、好きなお菓子を作ると言ったら、あっさり許してくれた。寛大な九尾神に感謝である。

『あの邪気祓いのお守りは、古代の金持ちが屋敷と交換してでも手にしたいと望んでいた品なのだ』

「そ、そんな価値があるんだ」

私が思っていた以上に稀少《きしょう》で高価なものをあげてしまったという行為を、手作りお菓子で帳消しでよかったのか。

何はともあれ、九尾神に心から感謝した。

「遥香さん、じゃあ、俺の数珠を着けて」

「それはダメです！」

長谷川係長はただでさえ邪気の影響を受けやすいのに、手放そうとするなんて。九尾神も『そうだ、そうだ！』と言ってくれる。

「それよりも、私のせいで大変な事態になってしまって、本当に申し訳なかったです」

「遥香さんのせいではないよ。悪いのは思い込みが激しい母のほうだから」

なんでも長谷川係長のお母さんは、ごくごく普通の一般人で、陰陽師や神職関係者というわけではないらしい。ただそれでも、鬼や陰陽師についての理解はあるようだ。

「母は父が鬼だと聞いても、気にしないと言うくらいの変わり者なんだけれど。昔、父がよくわからないで自分と結婚してくれた、なんて呟いていたんだよね」

一般人であるのならば、息子の部屋に怪しい祭壇と陰陽師を名乗る女がいたら警戒心も高まるだろう。交際を反対するのも無理はない。

「成人をとうに過ぎた大人が決めたことを、親であるという理由だけで反対する権利なんてないよ。だから、気にしないで」

鬼の一族と陰陽師である以上、周囲の反対は予想できた。けれども、私の両親があっさり賛成してくれたので、他の人達もきっと大丈夫、なんて簡単に思っていたのだ。自らの浅はかさを、恥ずかしく思う。

「母は昔から厳しくて……。禁止事項は、他の家庭よりも多かった気がする」

「何を禁じられていたのですか？」

「漫画とか、ゲームとか。あと、方言を家で使うなって言われていたかな」

「方言まで？」

「そう。方言でしか喋れないと、将来絶対に困るからって言って聞かなかったんだ」

学校では当然、先生や友達と方言で会話する。だがそれを家で使うと、標準語に言い直させられていたらしい。

「なんと言っていいものか……」

「酷いとしか言いようがない教育だった」

ただ、外で友達と方言を使っているところを目撃しても注意しなかったらしい。あくまでも、家庭内でのみの厳しいルールだったようだ。

「その教育方針に父までも巻き込まれていてね。生粋の京都人なのに方言を禁止されて。そんな影響があって、昔から母の前では無口だったよ」

お母さんが厳しい代わりに、お父さんは優しかったようだ。

「母がでかけていないときには、畳の下に隠していたゲームとか、漫画を貸してくれて。まさに〝鬼の居ぬ間に洗濯〟みたいな感じだったよ」

長谷川係長のストイックな部分は母親似で、インドアな趣味や穏やかな部分は父親似なのだろう。

「ごめん。こんな話、面白くないよね」

「いいえ、そんなことありません。素敵なご両親だと思いました」

「うちの父と母が？」

「はい」

子どもは親の背中を見て育つ。長谷川係長がどうやって成長し、人格を形成していったのか、その片鱗《へんりん》をご両親の話から感じ取れてなんだか嬉しかった。

「いつか、認められたらいいなと思っています」

長谷川係長は私の手をぎゅっと握り、まっすぐな瞳を向ける。

「かならず、両親を説得するから」

「はい」

私との交際が原因で、長谷川係長とご家族が絶縁状態になるのは嫌だ。認めてもらえるように何ができるのか。

それは、長谷川係長と探っていくしかないのだろう。

前世で悲劇的な最期を遂げた私達だけれど、今世では絶対に幸せになる。

改めて、誓い合ったのだった。

第三章

鬼門のありかに気づきました！

（※ただし、具体的な情報は謎のまま）

白綿神は鬼が接近していると言っていた。詳しい話を聞きたかったのだが、あのあと眠りについてしまった。

九尾神曰《いわ》く、怪異から付喪神になったばかりで、取り憑いた茶碗に馴染むためにたくさんの睡眠が必要なのだと言う。充電期間を置かずに活動できる九尾神は、規格外の存在に違いない。

そっとしておくように言われたため、話は満足に聞けていない状況だった。

依然として、浅草の町は邪気の影響を大いに受けている。盗難や放火、窃盗など、物騒な事件が次々と報じられていた。

九尾神は報道番組を熱心に視聴している。コメンテーターの話を、耳をピコピコ動かしながら聞いていた。

「九尾神、その人、面白い話でもしているの？」

『邪気の騒動についての核心を突いているのかもしれぬ』

「そうなの？」

九尾神は深刻な表情で、浅草の邪気騒動について聞いた話を語り始める。

『ああ。なんでも今年の秋辺りから、民から徴収する金銭がスパーンと跳ね上がるらしい。その影響で一揆《いっき》を起こしているのではないかと、この者は推測しているようだ』

「今の時代に一揆って……」

何かオカルト視点から語っているのかと思いきや、なんとも的外れな意見だった。

変な影響を受けないよう、面白い番組があると言って教育番組に変える。

『むう！　真面目に聞いておったのに！』

「こっちのほうが有益な情報を得られるから」

『この人形劇がか？』

「そうそう」

教育番組では桃太郎の人形劇が放送されていた。二頭身の可愛らしい桃太郎が、両親であるお爺《じい》さんとお婆さんの前で、鬼退治を誓う熱い場面であった。

『おお、桃の勇者の伝説か。これは現代にも伝わっておるのだな』

真面目に見始めたので、ホッと胸をなで下ろす。

『遥香、一緒に見ようぞ。なかなか痛快愉快な話だぞ』

「私は仕事に行かなきゃいけないから」

『お前、毎日奉仕にでかけて、真面目だな』

「これで真面目だったら、日本国民は揃って真面目ということになるよ」

『人々が総出で働くとは、難儀な世の中だな。加えて、十月から徴収金も上がるとは。気の毒でしかない』

「国民の義務だからね」

のんびり九尾神とお喋りしている場合ではない。会社に行かなければ。

「それはそうと九尾神、お留守番、本当に大丈夫?」

『心配せずとも、留守番くらいやってみせるぞ!』

九尾神は胸を張って答える。

浅草で起きている事件を調査するため、モチオ・ハンクス二十世とルイ＝フランソワ君の派遣が中断されてしまったのだ。

モチオ・ハンクス二十世は実家に帰ることを拒否した。なんでもここでの生活が自由かつ快適だったらしい。冷蔵庫と食器棚の隙間に逃げ込んでいたものの、最終的にルイ＝フランソワ君が、長い棒でモチオ・ハンクス二十世を掻《か》きだして捕獲。その後、抱き上げて帰宅していった。

ジョージ・ハンクス七世も私を心配し、傍にいたいと言う。そんなわけで、九尾神は白綿神と共に留守番をすることになったのだ。

白綿神は非常に大人しく、とてもいい子だ。九尾神との相性もいいように思える。眠っている時間が多く、なかなか意見を引き出せないのは難点だが。

ひとまず、私自身が調査をして情報収集する必要があるのだろう。

現代の陰陽師は、国から報酬を受け取れるわけではないので、働かないといけない。そのため、調査は終業後となるのだ。

「じゃあ、行ってくるね」

『ああ。労働に励んでくるとよい』

今日も長谷川係長と一緒に出勤する。

邪気が発生してからというもの、こうして一緒に会社に行っていた。今は皆、自分のことで精一杯だからか、私達なんて気にしていない。

ちなみに、誰かに指摘されても、堂々と交際していると言えばいい、と長谷川係長は覚悟を決めている。

町に漂う邪気は、日に日に増えているようだ。一刻も早く、どうにかしたいのだが……。

会社に辿り着くと、ぐったりした様子の桃谷君が挨拶にやってきた。

「長谷川係長、永野先輩、おはようございます」

「おはよう」

「おはよう。桃谷君、大丈夫？」

「もう限界です」

頭痛、吐き気、めまいなどに襲われているらしい。

「これ、本当になんなんですか？」

「まだ調査中みたい」

この状況を打開すべく桃谷君は昨晩、鬼殺しの仕込み刀を手に、夜の見回りにでかけたらしい。

「普段だったら、こういうことは絶対にしないんですけれどなんかもう、我慢できなくって」

けれども町に怪異の姿はなく、絡んでくる酔っ払いと迷子犬、ゴミ捨て場を荒らしていたネズミに追いかけられ、最終的に警察官に助けてもらったらしい。

「仕込み刀がバレたのかと思って、ヒヤヒヤしました」

桃太郎にしか使えない刀らしく、鞘《さや》から取り出せないらしい。バレようがないのだが、科学的な調査をされたら仕込み刀だとわかってしまう。

「昨日は雨だったので、傘を持っていても不審に思われずに済んだんですが」

「それはよかった」

「よくはないですよ。警察官に助けられるなんて、桃太郎の名が廃《すた》ってしまいました」

「仕方がないよ」

こういう話を聞いていると、私達の暮らしには怪異が必要なのだと気づかされる。

怪異が邪気を人から奪い、溜《た》めるからこそ、人は悪事を働かずに済むのだ。

まあそれも、ほどよいバランスが崩れたら大変なことになるのだが……。

「一刻も早くなんとかしてくださいよ」

「みんな、それぞれ頑張っているみたいなんだけれど」

陰陽師は怪異を退治することによって、結果的に邪気を祓う形となる。

その邪気を溜め込む対象が怪異ではなく人になっているため、解決が難しいというのが現状だ。

「だったら、永野先輩が使っている甘味祓いが有効なんじゃないですか？」

「そうなんだろうけれど、邪気の影響を受けた人が多すぎて、私ひとりではどうにもならないんだよね」

ひとまず、桃谷君に昨日の晩に作ったサブレを渡しておく。

私は桃谷君や長谷川係長と別れ、制服に着替えるためにロッカーに向かった。

着替えてからフロアに行くと、どんよりしている山田先輩を発見した。

「山田先輩、おはようございます。その、大丈夫ですか？」

「おはよう」

明らかに休日明けとは思えない憔悴《しょうすい》っぷりだった。

「どうしたんですか？」

「一晩中、子どもが起きていて大騒ぎだったんだ」

これも邪気の影響なのだろうか。山田先輩のお子さんは朝まで元気いっぱいで、出勤する時間帯には気持ちよさそうに眠っていたらしい。

「うちの家だけじゃなくて、近所のお子さんも同じような感じだったらしい」

山田先輩の子どもだけではないと言うので、邪気の影響で間違いないのだろう。

精根尽きかけているのは大人だけで、子どもは元気いっぱいのようだ。

顔色が土色になっている山田先輩に、木下《きのした》課長はいち早く気づく。

「仕事はいいから、二時間くらい仮眠してくるといい」

「す、すみません」

泣きそうな表情で、山田先輩はフロアをあとにしたのだった。

「永野さんは大丈夫？」

「はい、なんとか」

「気分が悪いときは、すぐに言うんだよ。言いにくかったら、近くにいる誰かで構わないから」

「ありがとうございます」

そう言う木下課長も顔色が悪かった。木下課長には鞄に入れていた市販のミニどら焼きを三つおすそ分けした。もちろん、甘味祓いをかけてあるものだ。

木下課長と入れ替わりで、杉山さんがやってくる。ひとりだけ、妙にスッキリした表情だった。邪気の量も、他の人達に比べて少ない気がする。

「永野先輩、おはようございます」

「おはよう。なんだか元気そうだね」

「昨日、ジムに行ってきたんです。そこ、温泉もあるところで、汗を掻いたあとゆっくり浸かったら、デトックスできましたよ。超絶気持ちよかったです」

邪気を物理的に追い出す方法を、杉山さんは編み出したようだ。さすがとしか言いようがない。

「最近、彼氏候補と喧嘩別れしたり、家電が次々と壊れたり、お気に入りの鞄の持ち手が取れたり、悪いこと続きだったんですよね。イライラして他人に当たり散らしそうだったので、ジムで発散してきました」

「杉山さん、すごすぎるよ」

「そうですか？」

まず自分の機嫌が悪いから、どうにかしようと思う着眼点が素晴らしい。

「だいたい機嫌が悪いときって、無意識に他人を攻撃したり、物に当たったりして、自然に治まっていくのを待つばかりなんだけれど。機嫌が悪いのを自覚できて、その発散方法がわかっているって人は少ないと思うよ」

とてつもなく偉いと絶賛すると、杉山さんは満更でもない様子でいた。

「永野先輩は、自分の機嫌の取り方ってどうしているんですか？」

「私は、お菓子作りかな。イライラをお菓子にぶつけながら進めていくと、完成するころには機嫌がよくなっているかも」

「お菓子というご褒美もありますしね」

ここ最近は九尾神のためにという名目で毎日お菓子作りをしている。そのため、ストレスを溜め込んでいないのかもしれない。

「杉山さん、辛いときは無理しなくてもいいからね。人は生きているだけで偉いんだから」

「永野先輩のお言葉、身に染みます」

始業時間を知らせるベルが鳴り響く。今日も一日頑張らなければ、と気合いを入れたのだった。

終業後、長谷川係長と共に町の見回りをする。邪気の影響を受けた人ばかりが溢れていた。

一方、怪異の姿はない。雷おこしを仕込んでいた自動給餌器も、ほとんど中身は減っていなかった。

「やっぱり、怪異の数は少なくなっているのに、邪気の量ばかり増えているみたいです」

「そう」

町を見回っていても、原因などわかるはずもなく、収穫もないまま帰宅することとなった。

長谷川係長の部屋の玄関扉を開いた瞬間、九尾神が飛びかかってくる。

「た、ただいま」

『遅い!!』

どうやら心細かったようで、テレビのボリュームもいつもより大きかった。賑《にぎ》やかなリビングだったが、白綿神はぐっすり眠っていたようだ。様子を覗き込むと、パチッと目を覚ます。

「白綿神、ただいま」

『うん、おかえりなさい』

よく眠れたか質問すると、小さくこくりと頷いていた。

「あの、今、浅草で起きている事件について聞きたいのだけれど、大丈夫?」

『うん』

長谷川係長と共に祭壇の前に正座し、白綿神の話に耳を傾ける。

「鬼が接近していると言っていたけれど、具体的にはどういうことなの?」

『邪気が、鬼を引き寄せている』

「鬼門を通じて、よそから鬼がやってくるってこと?」

『たぶん、そう』

通常、怪異は土地に憑くらしい。他の土地で得た邪気は、エネルギーとならないからだ。

そのため、外から怪異がやってくるというのはほぼない。だが、今回のようなケースは別なのだろう。

『邪気は、鬼門から溢れ出ている』

「浅草の地で生じた邪気ではない、ということ？」

白綿神はコクリと頷いた。浅草由来の邪気ではないので、鬼を引き寄せてしまうというわけだ。

「鬼はもう、浅草の町にいるの？」

『わからない』

長谷川係長は他の鬼の気配は察知していないらしい。これに関しては、考えてもわからないので後回しにする。

「ひとまず、浅草の鬼門がどこにあるのか、探さないといけないですね」

「そうだね」

先日両親に浅草の鬼門について調査するように頼んだところ、過去の記録が消失していてわからない、という回答が届いていた。

永野家の本家があるマンションはその昔、一軒家だった。けれども空襲で焼けてしまい、ご先祖様方が収集していた情報の一部を失ったと言う。

鬼門についての情報も、その中にあったようだ。

基本的に鬼門は陰陽師の管轄ではない。浅草を拠点とする鬼門除けの守り人が長年にわたって管理していたようだ。

だが、それも空襲の混乱の中で、うやむやになってしまったようだ。

そのため、守り人と呼ばれていた人達も、今や鬼門についての情報はからっきし持っていない、という有り様だった。

陰陽師ですら廃れつつある現代で、昔からある風習を守るというのは難しいことなのだろう。やはり、私達が独自で調査するしかないようだ。

「遥香さん、鬼門の方向は決まっているし、町単位の鬼門には何かあるはずだから、浅草の地図を見てみよう」

ひとまず、パソコンからプリントアウトした浅草の地図を広げてみる。

「えーっと、鬼門があるのは北東、裏鬼門は南西ですよね」

「そう」

裏鬼門というのは、鬼門の反対側にある方角である。そこも鬼門と同じように、不吉な方角とされているようだ。

　幽世と現世が繋がる鬼門を封じるため、長谷川係長の実家では盛り塩を置いていると話していた。こういった鬼門除けが、浅草にもあるはずなのだ。

「町単位の鬼門除けだから、大がかりなものに違いない」

「もしかして、巨大な盛り塩があるのでしょうか？」

　真剣に問いかけたのに、長谷川係長は肩をふるわせながら笑い始める。

「遥香さん、今日、疲れているでしょう？」

「まあ、慣れない作業をしたので……って、今、関係あります？」

「疲労から、発想力が落ちているように感じたから」

　たしかに、言われてみれば巨大な盛り塩なんかあったら、浅草でも有名スポットになっているだろう。

「鬼門除けでもっともわかりやすいのは盛り塩だけれど、それ以外だとお札に、魔除けの植物とか、いろいろあるよね」

「そうでした！」

　盛り塩一択でやっているわけではないのだ。

　魔除けのお札は神社でよく見かける。植物は棘《とげ》があるものを植えたら、邪悪なものを遠ざける、なんて話を耳にした覚えがあった。

「棘のある植物というと、赤い実を付ける南天の木とか？」

「そう。南天っていう名前から難を転じる意味合いがあるしね」

鬼門除けとして、南天の木を植えているところは多いという。

「南天の木は魔除け以外にも、果実が喉の炎症を抑える効果があるから、薬として重宝されていたみたい」

「あ！　南天の喉飴《のどあめ》って、今でも売っていますよね」

ただ、浅草の町中に限定して、南天の木を探すのは困難を極めるだろう。

「遥香さん、植物以外にも大がかりな魔除けがあるの、わからない？」

「大がかりな魔除け、ですか？」

腕を組み、しばし考えてみる。九尾神が耳元で『ヒントは我だな！』などと囁いていた。

「ヒントは九尾神？」

祭壇のほうへ飛んでいった九尾神を見て、ハッと閃《ひらめ》く。

「もしかして、寺社、ですか？」

「そう、正解」

古くから各地で神社やお寺が建てられたのは、災いから人々を守るためであった。そこから推測するに、浅草の鬼門にはお寺か神社があるに違いないのだろう。

鬼門の方角や神社や寺などの位置を調べていくうちに、長谷川係長がある場所を割り出した。

「たぶん、鬼門があるのはこの辺りだ」

プリントアウトした浅草の地図を見せ、長谷川係長が指差した場所は、浅草寺がある一帯であった。

「やはり、浅草と言えば浅草寺ですもんね」

そういえば、邪気が増えたと気づいたのは、浅草寺前からの中継を見たときだった。あそこから、今回の事件が始まっていたのだろう。

鬼門の位置はだいたいわかった。問題は開いた鬼門を閉ざすにはどうすればいいのか、である。

「永野家に残っている由緒正しいお札は、九尾神の力を封じているから使えないし……」

こういう儀式的なものに関しての知識はからっきしないのである。どうしようかと頭を抱えていたら、白綿神がボソボソ喋り始めた。

『〝追儺《ついな》〟を、すればいい』

「ついなって?」

『鬼を祓う、儀式』

その昔、古い宮中の催しで、追儺と呼ばれる鬼祓いの儀式があったらしい。その当時は年末の行事として執り行われていたと言う。

『現代でも、追儺、している』

「鬼祓いの儀式……。あ! 追儺って節分のこと?」

『そう、とも言える』

節分といえば、「鬼は外、福は内」と言いながら豆をまいて鬼を追い払う行事である。ちょうど次の日曜日が二月三日の節分だ。まさにタイムリーな話題だったわけである。白綿神がかつて追儺と呼ばれていた節分について、詳しい話を聞かせてくれる。

『節分とは、一年を四つに分けたときの節目。通常は、年に四回ある』

立春、立夏、立秋、立冬の前日らしい。四季の訪れを前に区切っているようだ。

「どうして二月の節分だけが、豆まきの行事として残ったの?」

『それは昔、二月三日が一年の終わりで、二月四日が一年の始まりという捉え方をしていたから』

「一年の終わりに鬼を祓って、新しい一年を迎えよう、みたいな意味合いがあったのかな？」

『うーん、ちょっと違う、かも。一年の終わりに、鬼がやってくる。それを祓うのが、追儺、だった？』

一年が終わり、新しい一年が始まろうとする晩、死者は鬼門からとき放たれ、我が家に戻る。けれどもその霊が善き存在とは限らない。

『善き霊は家の中で、悪《あ》しき霊は家の外に……そういう儀式、かもしれない』

「なるほど」

話を聞いていると、古くから鬼門より悪しき存在が解放される日があったようだ。今回はその鬼門が節分より前にとき放たれているのが問題ではあるのだが。

節分が近くなったので、鬼門に霊が押しかけてしまい、幽世にある邪気ごと解放されてしまったのだろうか。よくわからない。

「待って。節分に鬼門が開放されるってことは、この先もっともっと邪気の量が増えるのでしょうか？」

『その可能性は、ある』

ゾッとしてしまった。一刻も早く、どうにかしなくてはならないだろう。

「それで、追儺の儀式をすれば、鬼門は閉ざされるの？」

『たぶん』

「具体的な方法はわかる？」

『ううん、わからない』

白綿神は消え入りそうな声で『ごめん』と謝る。

「情報は十分過ぎるくらい集まったから。ありがとうね」

感謝の気持ちを伝えると、白綿神はホッとしたような表情を見せてくれた。

ひとまず、両親に報告してみよう。長谷川係長も節分について何か知っているか、長谷川家に問い合わせをしてくれると言う。

私はさっそく父に連絡してみた。しかしながら、残業中なのか通じない。続けて母に電話をかけてみる。

「もしもし、お母さん？　今、時間大丈夫？」

『大丈夫だけれど、何かあったの？』

「今浅草で起きている邪気騒ぎについて、相談したいことがあるんだけれど」

鬼門と追儺について、白綿神から聞いた話を母に伝える。

「なるほどねえ。追儺に関しては、実家の父に連絡したほうがよさそうね」

宮司を務める祖父ならば、鬼門を封じる方法について知っているかもしれない。何かわかったら、私に連絡がくるようにしておくと言う。

「相談料について、払うからって伝えておいてね」

身内だからと言って、甘えるわけにはいかない。専門的な知識に対する報酬は、支払わなければならないのだ。

『すべて解決したら、永野家の本家に請求するから、心配しなくていいわ』

「さすがお母さん！」

節分に間に合うように、祖父を急かしてくれるらしい。永野家への連絡は父に任せると言う。母に感謝の気持ちを伝えたあと、電話を切る。

長谷川係長のほうも電話が終わったようだが、収穫はなかったようだ。

「やっぱり、こういうのは神職関係者が詳しいみたいで」

「大丈夫。宮司の祖父に母が連絡を取るみたいですから」

あとは節分に対策が間に合いますように、と祈るばかりだ。

それから一時間後に、父から電話がかかってきた。残業帰りと思わしき父の声は掠《かす》れていて、いかにも疲れている、という声色だった。

『母さんから、話は聞いた。永野家への連絡だが――今は難しい』

「どういうことなの？」

父はボソボソと小声で、現状を報告する。

『先日九尾神を封じた札の紛失が、明らかになった。一族総出で捜しているようで、探られたらボロを出してしまうかもしれん』

今、そんなことをしている場合か、なんて指摘はさておいて。父にとっては緊急事態なのだろう。なるべく永野家の人達と接触したくないと言う。

「じゃあ、私が義彦叔父さんに相談しておくから」

叔母は勘が鋭いので、私も父同様にボロを出す可能性があった。義彦叔父さんは私を疑うなんてことはしないだろうし、本家への話も通りやすいだろう。

「あ、そうだ。義彦叔父さんに、長谷川さんのこととか伝えても大丈夫かな？」

『義彦か……』

近い将来、私と長谷川係長は結婚するかもしれない。そのさい、もしも何かあったときに備えて、理解者を増やしておくのは悪いことではないだろう。

味方はひとりでも多いほうが心強い。永野家の中からは、義彦叔父さんがいいのではという話が出ていたのだ。

『まあ、あれもお前と同じように、怪異との共存を望んでいた。理解してもらいやすい相手かもしれない』

父の許可も得られたので、次に義彦叔父さんに会ったときに秘密を打ち明けよう。

電話を切ったあと義彦叔父さんにメールしたら、すぐに返信があった。

今、仕事が忙しいようで、直接面会するのは難しいようだ。けれども、ビデオチャットだったら今からでも可能だと言う。

そんなわけで、長谷川係長と一緒に、義彦叔父さんとビデオチャットで話すこととなった。

『遥香ちゃん、久しぶりだね』

義彦叔父さんは力なく微笑んでいた。しばらく会わないうちに、少しやつれたように見える。

「すみません、いきなり連絡してしまって」

『いやいや、大丈夫。遥香ちゃんの顔を見たら、元気になったよ』

義彦叔父さんは都内にあるアニメ制作会社に勤務していて、いつもだいたい放送中のアニメキャラがプリントされたTシャツを着ている。

なんでも会社の繁忙期と永野家の陰陽師業が重なってしまい、これまでにないくらい忙しく過ごしていると言う。

『もうすぐバレンタインシーズンで、イベントをするんだけれど、やればやるほど心が荒《すさ》んでしまって……』

「大変なんだね」

義彦叔父さんは『本当に、そうなんだよ』と震える声で言葉を返す。

『バレンタインには縁がないと決めつけていたから、まさかこんなに仕事でガッツリ関わるとは思わなくって。バレンタインシナリオをチェックするたびに、心が悲鳴をあげているんだよ』

義彦叔父さんは遠い目をしていたが、終わりが見えている段階のようで、あと少しの辛抱だと話していた。

『ごめんね、愚痴ってしまって。それはそうと、話ってなんなのかな?』

「あの、今日、お伝えしたいことがありまして」

スマホを離し、長谷川係長が見えるように調節した。すると、義彦叔父さんの表情が引きつる。

『も、もしかして、結婚の報告!?』

「違います!」

『びっくりした。いや、お伝えしたいことがあるって言って、いきなり長谷川君が映ったから』

長谷川係長と義彦叔父さんは、〝ホタテスター印刷〟事件で一度、軽く挨拶した程度である。結婚を前提にお付き合いしていることは報告していないが、私達の関係はなんとなく察していたようだ。

「報告したいことは、邪気についてで――」

一通り鬼門と追儺について伝えると、本家の人達に連絡すると言う。一度浅草寺を調査するように、頼んでくれるようだ。

『浅草寺辺りは近づいただけで具合が悪くなるみたいだけれど、本当に大丈夫？』

鬼門がある場所なので、邪気が溢れているのだろう。永野家の陰陽師たちは邪気を目にできないが、察することはできる。身を以《もっ》て感じているに違いない。

「邪気の対策については、宮司を務める祖父から聞くつもりなの」

『わかった。でも、気を付けてね』

「義彦叔父さん、ありがとう」

現在の浅草寺の様子が気になったので、タブレットでライブカメラを確認してみる。

「う、うわ……！」

雷門側のライブカメラは真っ暗で何も見えない。長谷川係長は映像を見ただけで、具合が悪くなりそうだと零していた。

「邪気の影響で、雷門辺りは近づけそうにないですね」

『そうそう。なんか、人が出入りする場所は邪気が特に濃いみたい。本堂側はどうだろう？』

こちらもライブカメラがあるので、確認してみる。ここは雷門周辺よりも邪気が少ないように見える。

この問題に関しても、義彦叔父さんが対策を考えてくれると言う。

『追儺とやらをするならば深夜だよね？』

「うん。日付が変わるのと同時に、執り行ったほうがいいのかなと」

『そっか。だったら、その辺も話を通しておかないといけないね』

諸々《もろもろ》、伝手《つて》を使って話をつけてくれるらしい。何から何まで、お世話になりっぱなしだ。追儺については以上である。

「あと、もうひとつありまして」

『今度こそ結婚!?』

「違います。長谷川さんのことです。以前、京都を拠点とする、古くは陰陽師だった一族の方だと紹介しましたが——実は彼、鬼の家系なんです」

『なんだって？』

「鬼です。鬼」

『お、お兄さん？』

「違います。漢字で言えば、田んぼの田に角が伸びていて、下に二本足が生えていて、小さなムを転がしている形をした鬼です」

『お、鬼？』

「はい、その鬼です」

もともと悪かった顔色が、さらに悪くなっていった。打ち明けるのは今日でないほうがよかったのか。申し訳なく思ってしまう。

平安時代に長谷川家に起きた悲劇を語り、なぜ鬼の血を引いているのかというのを丁寧に伝える。

「私だけでなくて、お母さんとお父さんも知っていて。味方は多いほうがいいと思ったときに、義彦叔父さんだったら理解してくれるんじゃないかって、勝手に決めてしまったの」

『そう、だったんだ』

義彦叔父さんがどういう反応を示すのか。心臓がバクバクと音を鳴らす。

頭を抱えている義彦叔父さんは顔を上げ、一粒の涙をポロリと零した。

『長谷川君、これまで大変だったんだねえ』

「あ、いえ、まあ……」

『これから何かあったら、俺が助けるから』

「義彦叔父さん！」

「ありがとうございます」

鬼の一族である長谷川係長との交際を反対されたらどうしようと、少しだけ心配だった。けれども、義彦叔父さんは長谷川係長の話を聞いて涙し、協力してくれると言った。

味方が両親だけではないというのは、とてつもなく心強い。

『遥香ちゃん、打ち明けてくれて、ありがとう。鬼の末裔《まつえい》と陰陽師が手と手を取り合っているなんて、怪異と陰陽師の未来も明るく照らされたような気がする』

最後に、マダム・エリザベスが話したいことがあると言って、ひょっこりと顔を覗かせる。

『遥香さん！　わたくし、もう限界ですの！』

「な、何が限界なの？」

『義彦さんの、この汚部屋です!』

スマホが動き、義彦叔父さんの部屋が映し出された。足の踏み場もないくらいゴミが散らばり、脱ぎ散らかした衣類も放置されている。

ここ数日会社に出勤している時間がもったいないからと、自宅勤務を続けているらしい。ハウスクリーニング業者を呼ぶ暇もないので、このような状態になっているようだ。

『明日から、そちらのお宅で暮らします!』

「あ、うん。いいけれど」

九尾神と白綿神もいる。その辺はやってきてから紹介すればいいだろう。

義彦叔父さんは申し訳なさそうにしていたものの、モチオ・ハンクス二十世やルイ=フランソワ君がいなくてジョージ・ハンクス七世が寂しそうにしている、話し相手になってほしいと、こちらから頼み込んだ。

「マダム・エリザベス、また明日ね」

『ええ。ごきげんよう』

「ごきげんよう」

お上品な挨拶で、ビデオチャットは終了となった。

ホッと胸をなで下ろす。ひとまず、義彦叔父さんの理解は得られた。

「義彦叔父さんは父に比べて、永野家の本家の人達と友好的で、可愛がられているんです。だから、何かあったら助けてくれると思います」

「遥香さん、ありがとう。心強い味方だね」

「ええ」

あとは、鬼門の封じ方を祖父に聞くばかりだ。連絡を待つしかないのだろう。

◇◇◇

お昼休み——祖父からメールが入っているのに気づく。追儺について説明してくれるようで、夜、連絡すると書かれていた。

じっとスマホを見ている様子がいつもと違っていたようで、杉山さんが声をかけてくる。

「永野先輩、何かあったんですか？」

「え、どうして？」

「珍しく真剣な顔だったので」

「仕事中はいつも真剣でしょう?」

「仕事中は眉間に皺が寄っていて、険しい顔をしていますよ」

「そ、そうだったんだ」

祖父からのメールで、珍しかったので驚いた、という顔付きだったと説明しておく。

「永野先輩のお祖父《じい》さん、何かあったんですか?」

「ううん、何もないよ。元気にしていた?ってだけの連絡」

「そうでしたか」

祖父に「よろしくお願いします」と返信し、長谷川係長にもメールを送っておく。

すると、すぐに「わかった」と返ってきた。

滞りなく仕事を終わらせ、急いで帰宅しなければ。

『遥香さん!!』

会社を出た瞬間、マダム・エリザベスが突然目の前に現れる。くるくると宙を舞っていたので、思わず両手を差し伸べた。

マダム・エリザベスはバレリーナのように、つま先立ちで美しく私の手のひらに着地した。

『今日からしばらく、お世話になりますわ』

「あ、うん。よろしくね」

周囲に不審がられないよう、小声で言葉を返す。人目があるので、あまり長話はできない。謝りつつ、マダム・エリザベスを鞄の中にお招きした。

ジョージ・ハンクス七世が『よお！』と挨拶する声が聞こえる。早速、『よう、ではなくて、ごきげんよう、ですわよ』と指導を受けていた。

相変わらずの師弟関係に、微笑ましい気持ちになってしまう。

いつもより急ぎ足で帰宅し、長谷川係長の部屋の扉の前ではたと気づく。いきなり九尾神や白綿神と会ったら驚くだろう。

どのように説明しようか考えていたら、マダム・エリザベスが鞄からひょっこり顔を覗かせる。

『ところで遥香さん、あなた、不思議なご加護を得ているようですが、どうなさったの？』

不思議な加護、というのは九尾神や白綿神絡みに違いない。

マダム・エリザベスの鋭い指摘に、しどろもどろになって言葉を返す。

「えーっと、説明すると長くなるんだけれど」

廊下で話すのもなんなので、ひとまず叔母の部屋で打ち明けることにした。

「――というわけで、九尾神と白綿神を迎え、今に至ります」

『わたくしの知らない間に、大変でしたのね』

「ええ、まあ」

それにしても、不思議な加護というのは具体的にはどんなものなのか。詳しい話を聞いてみる。

『自覚がありませんの？』

「まったく」

マダム・エリザベスは呆れたような視線を向けつつ、加護について教えてくれた。

『あなたは九尾神とやらの〝筆頭巫女〟として、大いなる守護の力を得ているようですわ』

「筆頭巫女!?　初耳なんだけれど。あの、筆頭巫女という言葉自体も初めて聞いたかも」

『筆頭巫女というのは、神にとって唯一無二の存在。妻や母のような特別な者を呼ぶようです』

なんでも筆頭巫女という立場は、現世のものでなく、幽世のものらしい。

現世では圧倒的な幸運と守護の力を得るのだと言う。

そういえば、周囲の人達が邪気にあてられて苦しんでいる中、気分が悪くなることはなかった。これもきっと、加護のおかげだったのだろう。

『現世では益を得るばかりで、なんの拘束の力も持ちませんが、死した筆頭巫女の魂は神の所有となるのです』

「そうなるのと引き換えに、守ってくれるものなんだ」

『ええ、そうですわね』

とんでもない立場になっていたものだ。まさか、死んでなお、九尾神にお仕えしなくてはならないなんて。

「九尾神レベルの元怪異を押さえつけるには、これくらいの対価が必要だったんだ……」

『ええ、おそらく、そうだったのだと思います』

私の死した魂は幽世に縛られる。ということは、生まれ変わって来世の長谷川係長と出会う、なんてことは叶わないのだろう。

『このことは、長谷川様には黙っておいたほうがいいでしょう。嫉妬深い御方《おかた》のように認識しておりますので、九尾神と対立してしまったら、誰も止められなくってよ』

「うん。考えただけでも恐ろしい」

ただでさえ、長谷川係長と九尾神の関係は良好とは言えない。私が九尾神の筆頭巫女になり、強力な加護を得ただけでなく、死したあともお仕えするなんて話を聞いたら……どうなるかは想像したくなかった。

『ひとまず、事情は把握できました。大変でしょうけれど、ひとりで抱え込まないでくださいね。可能な限り、協力いたしますので』

「マダム・エリザベス、ありがとう」

長谷川係長の部屋に戻り、九尾神と白綿神にマダム・エリザベスを紹介する。特に興味はないようで、あっさり受け入れてくれた。

長谷川係長も帰宅し、早めの夕食を取る。二十一時過ぎに、祖父から電話がかかってきた。

スマホに祖父の姿が映る。わざわざ着替えてくれたのか、宮司の恰好でいた。

ここ一年ほど会っていないので、こうして話すのも久しぶりである。

「お祖父ちゃん、久しぶり」

『おお、元気やったね？』

「うん、元気だったよ」

祖父のハキハキとした方言を久しぶりに聞いた気がする。学生時代はよく遊びに行っていたが、見回りの担当地域ができてからは行く余裕がなかったのだ。

「お祖父ちゃん、この男性《ひと》が長谷川さん。以前話した――」

『鬼やろ?』

「そう。鬼の血を引く一族」

祖父はまじまじと、長谷川係長を見つめていた。

「初めまして。長谷川正臣と申します。先ほどお話にあったとおり、長谷川家の者達は古来より鬼の血を引いておりまして」

『しかたむない話ばするな』

これはいったいどういう意味かと、長谷川係長が私を見つめる。

方言がわからなかったというのもあるのだろうが、語尾が厳しかったので怒っているのかと思ったようだ。

「あ、えーっと、取るに足らない話はしなくてもいいよ、と言っているのかなと」

私の言葉を聞いた長谷川係長は、静かに頭を下げる。瞳が少しだけ潤んでいるような気がした。

「本題に移るけれど、お祖父ちゃんは節分に行われる追儺について、知っているんだよね?」

『ああ、そうたい』

祖父は居住まいを正し、真剣な表情で説明を始めてくれる。

もともと追儺は中国から伝わった行事だったらしい。かつての日本は、追儺を宮中行事として行っていたようだ。鬼に扮《ふん》した役人を、お偉い様が弓矢を手に追いかけ、穀物や豆、小石などを投げて回っていたという。

祖父が生まれ育った福岡の地には、いくつかの追儺が伝わっている。

ひとつ目は〝鬼すべ〟。毎年一月の第三日曜日に厄入りする男性を集め、厄払いをする。その中から鬼役を決めるようだ。

鬼となった者達は地域の家を回り、子ども達から豆を投げつけられ、最後に〝鬼すべ堂〟に封じられるらしい。

厄年の人達の厄払いと、家内安全を祈願する行事なのだとか。

ふたつ目は〝鬼の修正会《しゅじょうえ》〟。別名〝追儺祭〟とも呼ばれる、毎年一月に執行される神事だという。

若い衆が禊《みそ》ぎをし、三本の大松明《おおたいまつ》が灯《とも》る中、ふんどし姿で「ワッショイ、ワッショイ」というかけ声をあげつつ境内を三周駆けていく。その後、三百もの小松明を子ども達が奉納する。

神社の建設と無病息災を祈り願う行事のようだ。

みっつ目は〝鬼夜《おによ》〟もしくは〝鬼会《おにえ》〟。大晦日《おおみそか》の晩から一月七日までの間に執り行われる。

大晦日の除夜祭から始まり、獅子舞《ししまい》や開運福引きなども開催され、七日に追儺祭、鬼夜が執り行われる。

鬼夜では〝鬼神尊顔〟と呼ばれる鬼の面を祭神とし、青鬼の面と赤鬼の面を装着した者達が刀を手に突き合わせる神事を行うようだ。

その後、大松明に火が灯され、ふんどし姿の男衆が火を手に集まる。

鬼の面同士の攻防が続いている中、第三者の手により鬼の面が奪われる。

この鬼の面は本殿に運ばれ、神事は終了となるようだ。

鬼夜は五穀豊穣《ほうじょう》や家内安全などを願う。

最後、よっつ目は〝鬼すべ〟。ひとつ目の鬼すべとは異なるものだという。毎年一月七日に実行される、特殊な神事らしい。

氏子が鬼を退治する燻手《すべて》、鬼を守護する鬼警固《おにけいご》、角をつけた鬼係に分かれ、鬼退治を行う。

鬼すべ堂前に積まれた松葉六十把と藁《わら》二百把に護神火が灯され、大きな火が上がる。

立ち上る煙を燻手が団扇《うちわ》で扇ぎ、鬼を追い出す。鬼警固はそれを妨害する。

鬼は鬼係と共に堂内と堂外を駆け回り、神職関係者たちが隙を見計らって豆を投げたり、杖《つえ》で打ったりと、鬼退治を行うようだ。

こちらの鬼すべは、開運招福や除災《じょさい》を願う火祭りだという。

話に聞いた追儺が、節分の元となっているのがよくわかる。

「鬼退治をするには、豆に御神火、それから刀が必要なのかな」

ただ、今回は鬼が暴れ回っているわけではない。鬼門が開き、邪気が町中に溢れているのだ。

追儺で行っているような儀式をしても、鬼門除けは復活しない。

『まず、邪気ばどうにかせんと』

なんでも豆や御神火を使って邪気祓いをするのは効果的だという。

『豆は〝魔を滅する〟に通じるものやけん』

豆を煎ることによって、魔滅《まめ》で鬼を射るとかけ、鬼退治に大いなる力を発揮するようだ。

御神火については火というより、鬼は煙を苦手とするらしい。そのため、追儺ではたくさんの火を作り、煙を漂わせているのだろう。

義彦叔父さんが浅草寺周辺の邪気の量は、他と比べものにならないと話していた。

それに、白綿神が口にしていた鬼の接近も気になる。

追儺を行うことにより、鬼を遠ざけるのは効果的なのだろう。

祖父はさらに邪気祓いについて教えてくれた。それは〝巫女舞《みこまい》〟と呼ばれる、神に捧げる舞いだという。神楽鈴を手に、邪気を祓うために舞うようだ。神楽鈴には邪悪なものを祓う力があるらしい。

動きの基本は数年前のお正月に披露した、奉納舞と似たような動作で行うという。あとで舞いを録画したものを送ってくれるそうだ。

長谷川係長は扇を使い、御神火から出る煙を立ち上らせるという大仕事が任された。これも決まった動きがあるようで、動画を送ってくれると約束を交わした。

ここで、九尾神がひょっこりと顔を覗かせる。

『では、我は豆を投げる役目を担おう！』

祖父は急に現れた九尾神に、驚いているようだった。

九尾神が『これは動画ではないのか？』と呟くと、祖父は頭を下げる。祖父はそれっきり、動かなくなってしまった。

このまま話を続けることはできないだろう。今日はこれくらいにしておく。

「お祖父ちゃん、いろいろありがとう。もう遅いから、また今度電話するね」

電話を切ると、深く長いため息が零れてしまった。

「えーっと、なんだか情報量が多い時間でしたが、今日はできることなどないので、休みましょうか」

「そうだね」

祖父にはメールで改めて感謝の気持ちを伝えておく。

二月三日まであと数日だが、なんとかやるしかなかった。

◇　◇　◇

あまりにも会社が邪気にまみれているので、祖父から教わった魔除けを行う。昼休みを一時間多く取る許可を木下課長からいただき、少しの間会社を抜け出す。

邪気の量は以前よりもずっと増していた。物騒な事件は日々起きているものの、人はだんだんと邪気が多い日常を当たり前のものとして受け入れつつある。健康面や精神面が辛いのを我慢して、皆働いているようだ。

このままではきっと、無理がたたって多くの人が倒れてしまう。少しでも和らぐように、魔除けは必要だろう。

魔除けには土地の植物が絶対になくてはならない。花屋さんには余所から仕入れたものばかりで、浅草産の植物はなかった。

公園にある植物を拝借したら警察に捕まってしまうので、住宅街のほうを目指した。

この辺りに、小学生の頃の友達が住んでいた。高校は分かれてしまったので、そのまま疎遠になってしまい、今は年賀状のやりとりをするばかりであるが。

小学生時代、彼女の家によく遊びに行っていたので、庭に目的の植物があるのを覚えていたのだ。

本人は北海道で就職したので、不在だろう。家におばさんかおじさんがいればいいのだが。

「——あ！」

ちょうど、家の前でおばさんが枯れ葉を掃いているところだった。

声をかけると、ひと目で私だと気づいたようだ。

「まあ、遥香ちゃん！　驚いたわ」

「どうも、ご無沙汰しております」

最後に顔を合わせたのは十年前だったので、わからないかもしれないと思っていたのだが。変わらないね、と言われてしまった。

「どうしたの？」

「あ、えっと、偶然通りかかりまして」

「そうだったの」

苦しい言い訳だったが、おばさんは信じてくれたようだ。

ここから先が本題である。目的は、生け垣の上からひょっこり顔を覗かせる柊《ひいらぎ》であった。

柊には棘の突き出た葉が生えるのだが、そのとげとげが邪悪なものを払い除《の》けると言われているのだ。

ちなみに、魔除けに使われる植物は柊に限定しているわけではない。

柊と同じ棘がある〝榧《かや》〟や、燃やすと爆《は》ぜる〝海桐花《とべら》〟も魔除けの効果を発揮するらしい。柊は一般家庭でもよく植えられているので、探しやすくもあるのだ。

私が柊をじっと見上げていたからか、おばさんが話し始める。

「あの柊、昔に比べて大きくなったでしょう？」

「そうですね。私が小さいころは、同じくらいの背丈だったような気がします」

「今では、半年に一回植木屋さんに整えてもらっているの。義父が柊は悪いものを追い払う力があるから、大切にしなさいって言っていたわ。だから、伐《き》れないのよね」

「そうだったのですね」

「そろそろ、植木屋さんに依頼しなきゃいけないわ」

ここだ！と思ってお願いしてみる。

「実は私、今ちょっとした不幸に見舞われておりまして、もしよかったら少しだけ柊の枝を分けていただけますか？」

「あの柊を？　いいけれど」

「ありがとうございます」

おばさんは家から園芸用のハサミを持ってきて、その場でパチリと柊の枝を切ってくれた。

「これでいい？」

「はい！」

おばさんは柊を新聞紙で包み、手渡してくれた。ありがたく受け取る。

無償でいただくのもなんなので、会社の創立記念に作ったタオルを渡した。昨日、木下課長がくれた物がバッグに入れっぱなしになっていたのだ。担当者が触り心地にこだわったタオルなので、お気に召してくれるだろう。

「この前お正月に戻ってきたとき、娘とあなたの話をしていたの。娘にも今日のこと、話しておくわね」

「はい！」

おばさんと別れ、急いで会社に戻り、ロッカールームに駆け込む。

就業時間なので、無人だった。ここで魔除けの仕上げにかかる。

柊の他に、もうひとつ材料があるのだ。それは、鰯《いわし》の頭部を焼いたもの。

数日会社に放置することになるので、焼いたものでなく煮干しの頭部にした。

なんでも、鬼は鰯の臭いを嫌っているらしい。柊の枝と合わせて飾ることにより、強力な魔除けになるようだ。

柊と鰯の頭部を合わせたものを〝やいかがし〟と呼んでいる。

ちなみに〝鰯の頭も信心から〟ということわざは、やいかがしを飾る習慣から生まれたのだとか。

ことわざの意味はたしか、鰯の頭みたいに役に立たなくても、信じる気持ちがあれば、すばらしいもののように思える――だったか。

やいかがしを飾る行為は、見る人によってはつまらなく、胡散臭くも感じるだろう。けれども信じる人にとっては大切な習慣で、場合によっては大きな力をもたらす可能性があるのだ。

置いておく場所は掃除道具が入ったロッカーの裏。この位置だと、他の人から見えないだろう。念のため、近くに消臭剤も設置した。どうか誰にも発見されませんように、と祈りを捧げておいた。

これで、ちょっとは邪気もマシになるだろう。

フロアに戻ると、朝から具合が悪そうだった山田先輩が話しかけてくる。

「永野、早かったな」

「意外と手早く用事が終わったので」

「そうか」

午前中、顔色が真っ青だった山田先輩だが、なんだかよくなっているような気がした。瞳の輝きも戻ってきている。

「永野、何か食べるものを持っているか？」

「コンビニのおにぎり、食べます？」

尋ねると山田先輩は元気よく頷いた。

お昼に精が付くものでも食べたのかと思ったら、なんでもお昼は具合が悪く、何も食べられなかったらしい。

「永野の顔を見た途端、急にお腹が空いて——」

今、この瞬間に具合の悪さがなくなったというのであれば、魔除けが上手く作用しているということになる。

頑張りは無駄ではなかったようだ。本当によかった。

終業後、帰る準備をしていたら、桃谷君が話しかけてくる。

「永野先輩、会社になんかしたんですか？」

「わかっちゃった？」

「はい。明らかに邪気の量が減ったので」

やいかがしを試してみたことを説明すると、桃谷君は目を丸くしていた。

「お婆ちゃんの知恵袋みたいな方法で、邪気を祓えるんですね」

「私もびっくりしたよ」

桃谷君は浅草の状況を心配していたようだが、歩き回らないように言っておく。

「節分の日は邪気が特に多いと思うから、出歩かないようにね。気がかりだろうけれど、私達に任せて」

「なんかするんですか？」

「うん。邪気の通り道になっている鬼門を、どうにかしようって話になっているんだけれど」

「また、とんでもない問題を抱え込んでいるんですね」

「そうかもしれないけれど、私はひとりじゃないから」

これまでは何をするにもひとりだった。けれども今は長谷川係長がいてくれる。これ以上、心強いことはないだろう。

「浅草の鬼門って、もしかして浅草寺辺りですか？」

「よくわかったね」

「いや、完全に当てずっぽうですけれど」

桃谷君は「気を付けてくださいねー」と軽く言い、去っていった。

帰宅後は神楽鈴を手に、奉納舞の練習をする。神楽笛を吹くのは、ジョージ・ハンクス七世であった。祖父から届いた動画をもとに、練習してくれたのだ。

太鼓を叩くのは、マダム・エリザベスである。ジョージ・ハンクス七世と一緒に、覚えたようだ。

美しくも勇ましい音を奏でている。

動画で神楽を舞うのは、従妹《いとこ》の紫織《しおり》ちゃん。受験期間を終え、今は合格発表を待つ身らしい。

神楽鈴を使った美しい舞いを披露してくれていた。

数年前、高校時代に奉納舞を披露したことがあったが、動作などはすっかり忘れていた。マダム・エリザベスに美しく見せる舞い方の助言をもらいつつ、練習に励む。

長谷川係長も祖父が撮影した動画をもとに、初めての神事に挑んでいるようだ。使う扇子も届いたので、本番さながらの練習をしていると言う。

邪気を祓うために、これまでにないくらいの下準備を進めていた。

◇◇◇

神楽の稽古と仕事に追われる毎日を過ごす。全身筋肉痛なのは言うまでもない。今日も早く帰って自主練しなければ――と気合いを入れて帰宅しているところに、マンション前をうろつく人影に気づく。

あの見覚えのあるシルエットは、長谷川係長のお母さんだ。

長谷川係長を訪ねてきたのだろう。見て見ぬ振りもできないので、声をかける。

「あの、こんばんは」

「ひゃっ!!」

足音を立てて接近したつもりだったが、驚かせてしまった。

「あ、ああ。あなたでしたか」

「はい。まだ、こちらにいらっしゃったのですね」

「何日もこちらにいて、何か不都合があるのでしょうか？」

「い、いいえ、何もございません」

同窓会を行い、そのあと東京観光を楽しみ、翌日は埼玉にある実家に帰っていたらしい。

「あの、長谷川さんは今日、帰りが遅いそうです。何かありましたら、お伝えしておきますが？　それとも、お部屋で待たれますか？」

返事の代わりに、ため息をつかれてしまった。

「別に、直接会うほどの大した用事はないのです。これを、あげたかっただけで」

風呂敷に包まれた丸い物体が差し出されたので、しっかり受け取った。ずっしりとした重さがあるこれは、いったい何なのか。

聞いていいものなのか躊躇《ためら》っていたら、長谷川係長のお母さんが説明してくれた。

「それは京野菜の大根です」

「これ、大根なんですか!?」

大根と言えば細長い形だがこれは明らかに丸い。カブみたいな形状なのだろう。

「あなた、聖護院《しょうごいん》大根をご存じでない？」

「初めて聞きました」

立ち話もなんなので部屋に案内しようとしたが、あっさり断られてしまう。

「息子がいないのに、勝手に部屋に入ったら嫌でしょう？」

「あの、隣が私の叔母の部屋で、管理を任されているんです。よろしければ、そちらにでも……」

「あなたの叔母様にも悪いです」

「そ、そうですか」

しょんぼりしていたら、通りにあるカフェはどうかと提案してくれた。

「外から見た限り、賑やかそうなお店でしたけれど、それでもいいのならば」

「はい、ぜひ！」

そんなわけで、歩いて五分ほどのカフェに入る。先に注文し、カウンターで受け取るお店だったが、こういうシステムのお店に入るのは初めてだったようだ。

目を丸くしながら会計を終え、頼んだコーヒーを受け取っていた。

長谷川係長のお母さんは席につくと、深く長いため息をついていた。

「ああ、恐ろしい。先払いの喫茶店なんてものがあるんですね」

「ええ、まあ」

「教えていただかなかったら、席に座って永遠に注文を待っているところでした」

「普段は、こういうお店にはいらっしゃらないのですね」

「ええ。外食ですら、めったにしないもので」

「そうだったのですね」

やはり、長谷川係長のお母さんは箱入り娘なのだ。

コーヒーを飲んでホッとひと息ついたあと、風呂敷の中身を見せてくれた。中からでてきたのは、まんまるとした形の大根。サイズはカブよりも大きい。

「これが、聖護院大根ですか」

「ええ。ふらりと立ち寄ったアンテナショップで、偶然見つけました。まさか、こちらでも売っているなんて、びっくりしました」

「かなり稀少だと思います。普通のお店では、見かけないです」

聖護院大根——京都発祥の伝統的な野菜らしい。なんでも江戸時代後期から現代に伝わる、歴史ある大根で、冬に欠かせないそうだ。

「次の土曜日が初午《はつうま》の日ですので、大根が必要かと思いまして」

「初馬の日、ですか？」

長谷川係長のお母さんが、テーブルに指先で初午と書く。そちらの午だったかと、脳内変換を修正した。

午の日というのは毎月十二日に一度訪れるもので、昔は十二支に日付を当てはめて数えていたのだと言う。

「初午の日は宇迦之御魂大神《うかのみたまのおおかみ》が伏見稲荷大社に降り立った日で、通常は稲荷寿司《ずし》を食べる習慣があるようですが、長谷川家の者達は三千院に行き、開運招福、無病息災を願う大根炊きを食べていたそうです」

しかしながら長谷川係長のお父さんが人混みが苦手なため、三千院には行かずに、毎年自宅で大根炊きを作って食べていたそうだ。

「普段は物静かな夫なのですが、大根炊きは聖護院大根がいいと強く指定するもので。あの子もきっと聖護院大根があれば喜ぶと思って、買ってきたのです」

「そうだったのですね」

長谷川係長のお母さんは風呂敷を包み直し、私に差し出してくれた。

「あの子に、大根炊きを作ってあげてください」

「はい、お任せください！」

なんでも聖護院大根は煮崩れしにくく、煮物にぴったりらしい。身はやわらかく、苦みや辛みは少ないようだ。

「よろしかったら、あなたも食べてください」

「ありがとうございます」

ありがたく、聖護院大根をいただいた。

かれこれ一時間ほど話し込んでしまった。駅までご一緒してもいいかと聞いたが、「けっこうです」とすげなく断られてしまった。

このあとタクシーを呼んで、空港近くのホテルに宿泊し、明日の早朝の便で京都に帰るらしい。

「そうそう。これはお返しします」

手首に付けていた柘榴石の数珠が差し出される。

「驚きました。ただの赤水晶かと思っていたら、よく見たらガーネットだったものでしたから。このような高価なお品をいただく理由がございません」

手で受け取ろうとしたら、長谷川係長のお母さんは私の手首に嵌めてくれた。

「このパワーストーン、確かなお品でした」

私はこれを〝災いを撥《は》ね飛ばすパワーストーン〟だと説明して渡した。それを装着して同窓会にいったところ、霊感のある友人から「これはすごいものだ」と言われたらしい。

「皆、浅草にきた瞬間、具合が悪くなったと申していました。私もそうだったのですが、これを受け取ってから体が軽くなったような気がして」

なんでもその集まりは大学の心霊サークルらしい。皆、霊感があったり、神職関係者だったりと、スピリチュアルなことに詳しい人達の集まりだったようだ。

「これが必要になるのは、あなたのほうでしょう。私はもう浅草から出て行くので、大丈夫ですから」

そう言って、やわらかく微笑んでくれた。初めて見せてくれた笑顔だった。

「息子を、どうぞよろしくお願いいたします」

「っ、はい!」

心が温かくなったのはつかの間のこと。

長谷川係長のお母さんは立ち上がると、私を見下ろしつつ宣言した。

「別に、あなたを認めて申したわけではありません。同棲している以上、息子が迷惑をかけるでしょうから」

「あ、はあ……」

がっくりしつつ、空港近くのホテルを目指す長谷川係長のお母さんを見送ることにした。

カフェを出てすぐにタクシーは捕まる。長谷川係長のお母さんはタクシーに乗る前に振り返り、深々と頭を下げてくれた。

聖護院大根という名の愛を胸に抱きながら、別れたのだった。

帰宅した長谷川係長に、聖護院大根を見せる。

「見てください！　正臣君のお母さんから聖護院大根をいただきました」

「え!?　また来たの!?」

「マンション前にいるのを、偶然発見しまして」

「声なんかかけずに、裏口から帰ればよかったのに」

「そういうわけにもいきませんよ」

今日、長谷川係長のお母さんと話せてよかった。私自身は認めてもらえなかったけれど、長谷川係長に対する深い愛情を知ることができたから。

「初午の日に、大根炊きを作りますね」

「だったら、俺は稲荷寿司でも作ろうかな」

「大根炊きと稲荷寿司、いいですね」

ご利益が得られるような料理を食べて追儺に挑む。

きっと、成功に導いてくれるだろう。


舞いの練習でバタバタと忙しく過ごしていたが、そろそろ豆まきに使う豆の準備をしなければならない。

大豆を煎るだけのシンプルな作業であるが、こうして生の大豆を煎る作業は、悪いことや災いの芽が出ないようにする意味もあるらしい。大事な工程というわけだ。

大豆を煎っていると、九尾神がやってきた。

『なんだか香ばしい匂いがするぞ』

「大豆を煎っているの」

『おお！　これを明日の追儺に使うのだな？』

「そう」

ひとつ味見をしたいと言うので、ふーふーと息を吹きかけて冷ましたものを食べさせた。

『ふむ！　ただ火を入れただけなのに、大豆が心地よく香るぞ！　カリカリとした食感も面白く、味も悪くない！』

お気に召していただけたようで、何よりである。

煎って冷ました大豆は枡《ます》に入れて、祭壇に奉納する。

『遥香、これは全部我が食べていいのか？』

「明日に使う分は残しておいてね」

『わかっておるぞ』

煎っただけの大豆をあそこまで気に入るとは思わなかった。もしかしたら、普段私が作るお菓子より、食いつきがいいかもしれない。なんとも複雑である。

個人的な感情はさておき。ふた品目を作る作業に取りかかった。

使うのは、先ほど煎った大豆である。これで大豆の砂糖絡めを作るのだ。

作り方は簡単だ。砂糖と水を混ぜたものを加熱し、シロップを作る。ふつふつと沸騰してきたら煎った大豆を入れて、シロップが煮詰まって結晶化してきたら、クッキングシートを敷いたバットに広げて冷ますだけ。

赤と白、二色作るために、片方には食紅を入れておく。あっという間に仕上がった。

冷めたら表面がカリッと仕上がる。甘くておいしい、節分に欠かせないスイーツの完成だ。これも九尾神に奉納しておく。

先ほどの煎った大豆でお腹いっぱいになったからか、九尾神はぐっすり眠っていた。私が近づいても、目を覚ましそうにない。

その隣にいた白綿神が、パッと目覚める。ここ数日眠り続けていたようだが、甘い匂いにつられて起きたようだ。

『甘いの、何？』

「煎り大豆の砂糖絡めだよ」

説明すると、小さな口をパカッと開いた。もしかして食べたいのか。口元に砂糖絡めを持っていくと、ぱくんと食べてくれた。

カリ、コリという音が聞こえ、ごくんと飲み込むような動作が見られる。

『うん、おいしい』

「よかった。もうひとつ食べる？」

『いい、お腹いっぱい』

九尾神のようにたくさんの食べ物は必要としないようだ。

何か言いたげな様子でこちらを見つめていたので、どうしたのかと話しかける。

『眠ってばかりで、力になれなくって、ごめん』

「そんなことないよ！　追儺についても教えてくれたし」

白綿神が助言してくれなかったら、今でもどうしようかと頭を抱えていたに違いない。改めて、ありがとうと頭を下げる。

『事件、解決したら、このお茶碗、返品しても、いいよ』

「しないよ。白綿神さえよければ、ここにいて」

『いいの？』

「もちろん、大歓迎だよ」

『ありがと』

その言葉を最後に、白綿神は再び眠りに就く。まだまだ、茶碗に定着するための睡眠が必要なようだった。

スースーと寝息を立てる神様を前に、どうか追儺が成功しますようにと祈る。

第四章

節分に豆をまきます！

（※ただし、退治するのは鬼上司ではありません）

そんなこんなで迎える土曜日——明日は二月三日である。

朝から従妹の紫織ちゃんとビデオチャットを繋ぎ、舞いを確認してもらう。

ひとまず問題ないと言ってもらえたので、心から安堵する。

この一大事が解決したら、祖父や紫織ちゃんに感謝の印として浅草のおいしいお菓子の詰め合わせを送らなければ。

お昼は長谷川係長が作った魚介のトマトグラタンをいただき、そのあとは追儺の打ち合わせをする。ジョージ・ハンクス七世やマダム・エリザベスは演奏をひたすら練習していた。

春が近づきつつあるからか、窓からは暖かな日が差し込んでいる。九尾神と白綿神は気持ちよさそうに眠っていた。

夕方になると私は大根炊きを、長谷川係長は稲荷寿司を作り始める。

大根炊きは薄口醤油を使った、京都風の味付けにしてみよう。

聖護院大根は皮を剝いてくし切りにし、米のとぎ汁で下ゆでを行う。こうすることにより、あくが抜けておいしく仕上がるのだ。なんでもとぎ汁にあるデンプン質があくに反応し、取り除いてくれるらしい。

同時進行で土鍋に水と昆布を入れ、火にかけておく。

米のとぎ汁で二十分ほど煮込んだ大根は、水で洗って昆布だしの鍋に移す。

大根にしっかり火が通ったら、酒と薄口醤油、みりん、砂糖を入れてさらに煮込む。

だしが大根に染み込んだら、大根炊きの完成だ。

長谷川係長の稲荷寿司も完成したようだ。狐の耳みたいな三角形で、とても可愛い。

九尾神は不思議そうに覗き込んでいた。

大根炊きと稲荷寿司を祭壇に奉納する。

九尾神はお腹が空いていたのか、嬉しそうだった。

まずは、私が作った大根炊きから口にするようだ。慎重な様子でフーフーと冷ましつつ、だしが染み込んだ大根を頰張る。

『はふ、はふ、はふ……！』

しっかり冷ましたようだが、それでも熱かったようだ。口の中で転がしたあと、ごくんと飲み込む。

『な、なんだ、これは！　うまいぞ！』

その叫びに白綿神は驚き、目覚めたようだ。

「白綿神も大根炊き、食べる？」

『うん、食べる』

小さな口に入るように、箸で細かくしてから食べさせた。

『おいしい』

「よかった。まだ食べる？」

『ううん、もういい。お腹いっぱい』

相変わらず小食なようだ。満足したのか、再び眠りにつく。

『おおおお、この稲荷寿司も悪くないぞ！　形は狐の耳のようで極めて斬新である。なんというか、うまい!!』

長谷川係長が作ったものなので、素直においしいと評価したくないのか。結局最後にうまいと言った。

九尾神から私達も早く食べるようにと急かされる。お言葉に甘えて、いただくことにした。

『まずは大根炊きから食べるように。絶品だぞ！』

「はいはい。いただきます」

大根に箸を入れると汁がじゅわっと染み出る。口に含むと、聖護院大根の甘さとだしの味わい深さを感じた。

「聖護院大根、おいしいです」

「遥香さんの調理と味付けが天才的だからね」

『そうだろう、そうだろう！』

なぜか九尾神のほうが自慢げだった。

長谷川係長特製の稲荷寿司もいただく。おあげは甘く煮込まれていて、中にはゴマを振った酢飯が入っていた。

かぶりつくと、おあげに染み込んだだしが口の中に溢れる。中の酢飯は酢がよく効いていて、ゴマの香ばしさがいいアクセントになっている。

「とってもおいしいです」

「よかった。初めて作ったから、ちょっとドキドキしてた」

まさか、長谷川係長と一緒に料理を作って食卓を囲む日が訪れるなんて、まったく想像もしていなかった。

今、とても幸せだとはっきり言える。

「大根炊きと稲荷寿司、義彦叔父さんに持っていってもいいですか？」

「いいよ。お年賀でもらったお酒も持っていこう」

「いいんですか？　きっと喜びますよ」

追儺を行う前に、義彦叔父さんと落ち合う約束をしていた。儀式を行うために、いろいろと手配してくれたのだ。

お腹も満たされたし、明日はきっと上手くいく。

そう思えてならなかった。


夜は仮眠を取る時間を作ったが、なかなか眠れそうにない。深夜に行う追儺が気になっているからだろう。

少し早いが、起き上がって準備を始める。お風呂に入って身を清め、巫女装束に着替えた。

長谷川係長も目覚めてしまったようだ。もともとショートスリーパーらしく、長時間眠らなくても大丈夫らしい。

「遥香さんは平気？」

「なんとか頑張ります！」

祖父から節分に飲むといいと教えてもらった福茶を作ってみる。

まずは大豆を煎り、緑茶の茶葉を入れた急須に移す。これに湯を注ぐと、福茶の完成だ。

通常は豆まきをしたあとに飲むもののようだが、明日は忙しくなりそうなので、先に飲んでおく。なんでも無病息災を願うらしい。湯呑みに梅干しと昆布を入れてお茶を注いだ。これが祖父の家に伝わる福茶だそうだ。

福茶は地方によって異なるようで、大豆のみの家や塩昆布を入れる家、熱湯のみの家など、さまざまな種類があるようだ。

長谷川係長と共に福茶を囲む。

「しょっぱさがたまらないね」

「大豆の香ばしさも、いいですよね」

「うん、おいしい」

出発前に、緊張がいい感じに解けた気がする。

ついに立春の前日である、二月三日となった。

追儺は草木も眠る丑三《うしみ》つ時《どき》に行う。

私は巫女装束に千早を合わせ、髪はひとつに結んで水引でまとめた。

長谷川係長のお母さんから返してもらった柘榴石の数珠も、きちんと装着しておくのを忘れない。

頭に着ける前天冠もあるが、これは現地で装着したほうがいいだろう。移動途中にマンション住民とすれ違ったら、不審がられるに違いない。

長谷川係長は緑色の袍《ほう》に、浅黄色の袴を合わせた神主の装束をまとっている。本職かと思うくらい、完璧な着こなしだった。

手には御神火を扇ぐ檜扇《ひおうぎ》を持っていた。頭に被る冠は、長谷川係長も現地で着けるようだ。

ジョージ・ハンクス七世やマダム・エリザベスはすでに鞄の中で待機していた。楽器を手に、楽譜とにらめっこしている。彼らの演奏も、日に日に上達していた。

九尾神と白綿神はピクニック用の大きなバスケットの中に入ってもらう。

「節分豆は九尾神に預けておくね」

『うむ。我に任せておけ！』

白綿神はよく眠ったからか、目はぱっちりと開いていた。家で待っていてもよかったのだが、今日はついていきたいと主張したのだ。

九尾神が暴走しないように見守っておくよう、お願いしておいた。

出発の時間となる。義彦叔父さんが車で迎えに来てくれていた。

「義彦叔父さん、忙しいのにありがとう。こんな深夜に、ごめんなさい」

「仕事は終わったから大丈夫だよ。謝らないといけないのはこっちのほうだからね。あの辺りは本家の担当区域なのに、手も足も出なくて……」

数日かけて調査したところ、鬼門を発見したらしい。しかしながら、人の行き来が多い浅草寺周辺は邪気が濃く、近づくこともままならなかったと言う。

調査できない代わりに、義彦叔父さんは周辺の寺社について調べてくれていた。

「なんでも東京はかつて、江戸城を中心に鬼門の方角にお寺や神社を作っていたようなんだ」

表鬼門には寛永寺《かんえいじ》に神田神社、浅草寺がある。裏鬼門には日枝《ひえ》神社、増上寺《ぞうじょうじ》が鬼門除けとして置かれていたらしい。

「浅草寺のどこかに鬼門除けの核となるものがあるはずなんだけれど、あの辺りは邪気が多いからか、誰も近づけなくって」

「そうだったのですね」

「たぶん、浅草寺の敷地内に入ったら、わかるはずだ」

車は浅草寺から遠ざかっていく。不思議に思い、質問を投げた。

「義彦叔父さん、どこに向かっているのですか?」

「浅草寺へ繋がる地下道だよ」

邪気を避けるために、地下道を通って、浅草寺の中に案内してくれるようだ。

「浅草寺に繋がる地下道があったなんて、知りませんでした」

「一般に開放されている場所じゃないからね」

緊急時にのみ使用されるもので、今回特別に通れるようにしてもらったようだ。

地下道を黙々と進んでいく。途中から邪気が強くなり、義彦叔父さんは前屈《まえかが》みになって具合が悪そうにしている。

マダム・エリザベスが義彦叔父さんの肩に跳び乗り、耳元で話しかける。

『義彦さん、あなた、大丈夫ですの?』

「な、なんとか、大丈夫、かも?」

『あなたはここから退避して、遥香さんたちに任せても、よいのですよ』

「いや、俺だけでも、見守らないと」

無理はしないほうがいいと言っても、義彦叔父さんの意志は曲がらなかった。

「限界がきたら、車に戻るから」

「でも、ただでさえ、仕事で疲れているのに」

「遥香ちゃんや長谷川君が体を張っているのに、俺だけ安全な場所にいるわけにはいかないんだよ。それに、今日はとっておきのお守りを持っているから」

邪気除けのお守りなので、心配はいらないと言う。

『遥香さん、彼はわたくしがしっかり守りますので』

「うん、わかった」

地下通路から地上に上がると、邪気の濃さに驚く。空は雲が広がっていて、いつも以上に不気味な雰囲気であった。

そして、ここが仲見世《なかみせ》通り辺りであることに気づく。同時に、ありえない状況に驚いた。邪気を得て強力な力を手にした怪異たちで溢れていたのだ。

火の玉がいくつも漂い、河童《かっぱ》に小豆洗《あずきあらい》、ひとつ目小僧にろくろ首――漫画やアニメで見かけるような怪異が盆踊りをするように列を成していた。

まるで、百鬼夜行を見ているようである。

「こ、これは」

「想像していた以上に、酷い状況だ」

「そう、ですね」

怪異たちは私と長谷川係長に気づくと、襲いかかってくる。

邪気祓いを――そう思って一歩前に踏み出したが、私よりも前に飛び出す存在があった。九尾神である。

『鬼は外――!! 福は内――!!』

九尾神は節分お決まりの言葉を叫び、神力を使って豆を怪異たちに放つ。

『ぐううう!!』

『ぎゃあああ!!』

しっかり煎ってから祭壇に奉納した節分豆は、矢のように鋭く飛んでいって邪気を祓う。

邪気の力を失った怪異たちは、次々と小さくしぼんでいった。

ここで義彦叔父さんが叫ぶ。

「遥香ちゃん、ここは九尾神と俺、エリザベスに任せて、先を急ぐんだ」

「は、はい!」

周囲は邪気の黒い靄で覆われていて、どこに何があるかわからない。

「いったいどこに鬼門があるのか……!」

頭を抱える私に、長谷川係長が助言する。

「怪異たちが列を成している。これを辿っていけば、鬼門があるはずだ」

「な、なるほど」

ただ、怪異は私たちを発見すると襲いかかってくる。そのたびに、ジョージ・ハンクス七世が鞄から飛び出し、怪異の動きを一時的に止める呪符を貼ってくれた。これも、限りがある。残り数枚となったとき、カゴがガタガタ揺れた。

蓋を開くと、白綿神が何かもごもご喋っていた。耳を傾ける。

「白綿神、どうしたの?」

『鈴、神楽鈴で、怪異を、遠ざける』

「あ、そうだ!」

鈴の音は邪気を祓う効果があるのだ。早速神楽鈴を手に、鳴らしながら歩いてみた。

リィン、リィンと澄んだ美しい音色が辺りに響き渡る。

すると怪異たちは動きを止め、私達を遠巻きにするばかりでなく、周囲を漂う邪気も晴れていった。

「遥香さん、すごい効果だ」

「ええ、びっくりしました」

ジョージ・ハンクス七世も私の鞄についていたキーホルダーの鈴を両手で握り、高く掲げてかき鳴らす。浄化の力はさらに強まった。

「正臣君、急ぎましょう」

「ああ、そうだね」

仲見世通りを過ぎ、宝蔵門《ほうぞうもん》を大きく避けて歩く怪異たちの列を遡るように走る。

神楽鈴を鳴らしているおかげで、怪異たちの妨害を受けずに済んだ。

途中から、邪気の量がさらに濃くなる。まるで、暗闇の中を彷徨《さまよ》っているようだ。

「遥香さん、手を！」

「は、はい」

はぐれないように手と手を繋いでおく。長谷川係長の手は驚くほど冷たかった。

「大丈夫ですか？」

「神楽鈴のおかげで、なんとか」

長谷川係長の声に余裕は欠片《かけら》もない。きっと限界寸前なのだろう。

鬼の血を引く長谷川係長は邪気の影響を受けやすいので、かなり無理をしているのはわかっていた。

「もう少しだけ、頑張りましょう」

「そうだね」

離れ離れにならないように、長谷川係長の手を強く握った。

辿り着いた先は――五重塔。

そこから怪異たちがぞくぞくとやってきて、列を成していたようだ。

「五重塔から怪異が出てきている？」

「そうみたいです」

五重塔に浅草の鬼門除けがあるのだろう。それが今、なぜか機能していない。

「調べたいのはやまやまだけれど、その前に邪気をどうにかしないと」

「ええ」

今こそ、追儺を行うべきなのだろう。

その場で長谷川係長は御神火を用意し、私は簡易的な祭壇を作る。その間、ジョージ・ハンクス七世は怪異除けの神楽鈴を鳴らしてくれた。

対に設置した榊《さかき》立てに榊を挿し、三宝《さんぽう》と呼ばれる台に白綿神を置く。その前に、紅白の大豆の砂糖絡めを奉納した。

二枚脚の三宝の上に、ジョージ・ハンクス七世を移動させる。神楽笛も用意しておいた。

これで祭壇の準備は整った。

白綿神が『くわー』と欠伸をし始める。眠ってしまう前に、追儺を終わらせなければばならないだろう。

長谷川係長は火鑽《ひき》りで起こした火を、線香に灯していく。すると、煙がもくもくと漂ってきた。

「正臣さん、これは？」

「実家から送ってもらった線香だよ。火は最小限で、煙は多い。鬼退治に最適だろうと思って」

甘やかですっきりとした沈香《じんこう》の香りが辺りに広がっていく。これだけで、上空に浮かんでいた邪気が浄化されていった。

「遥香さん、始めようか」

「はい」

新しい春に、この邪悪なるものを持ち込んではいけない。今晩のうちに、一気に祓い落としてしまおう。

神楽笛の澄んだ音色に、鈴の音を合わせる。つま先を使い、舞うように邪気祓いの呪文を描いていくのだ。

長谷川係長も檜扇で扇ぎ、邪気祓いの煙を舞い上がらせる。

地上では舞いが、天上では線香の煙が作用し、邪気を祓っていく。

明らかに、周囲の邪気は薄くなっていった。曇天の雲もどこかへ流れていき、美しい月が顔を覗かせる。

このまま邪気祓いの儀式を進めていったら、邪気は祓われるだろう。

長谷川係長と顔を見合わせ、頷き合う。

希望の光が差し込んだように見えたが、どこからか叫び声が聞こえた。

「え、何？」

「あれは、マダム・エリザベスの声？」

「そう、みたいですね」

振り返った瞬間、おぞましいものを目にする。

それは鬼面を被り、包丁を手にした男性の姿であった。

男性は背後に大勢の怪異たちを引き連れ、禍々《まがまが》しい邪気を全身にまとっていた。

その怪異たちを追いかけていたのは、九尾神であった。

『鬼は外――!! 福は内――!!』

節分豆によって怪異たちの邪気は祓われていくが、数が多いのできりがないようだ。

『むむむ！　面倒だな。我が一気に取り込めば一瞬なのだが』

「九尾神、それはダメ！」

怪異を取り込んでしまったら、九尾神は邪悪な存在に戻ってしまう。それだけは阻止しないといけない。

「節分豆で怪異を大人しくさせたら、ご褒美にとっておきのお菓子を作ってあげるから！」

『なぬ!? ならば、その通りにしようか』

九尾神が単純でよかった。心からそう思う。

そうこうしている間に、鬼面を被った男性が接近してきた。

『憎い、憎い、憎い――!!』

包丁を突き出して襲いかかってくる、その男性の名を、マダム・エリザベスが叫ぶ。

『義彦さん！ 正気に戻ってくださいまし！』

「よ、義彦叔父さん!?」

服装が同じだったので、まさかと思っていたが。いったい何があったのか。

マダム・エリザベスは義彦叔父さんの肩にしがみつき、耳元で説得している。けれども、義彦叔父さんに声が届いているようには見えなかった。

『廃止、廃止、廃止――!!』

謎の言葉を叫びながら狙った先は、私だった。とっさに長谷川係長が私を庇うように立ち、檜扇で繰り出された一撃を横に流す。

「ま、正臣君！」

「遥香さんは邪気祓いの続きを！」

「は、はい」

五重塔から噴き出す邪気を祓っていたものの、鬼面を被った義彦叔父さんからも邪気が発生していた。

それによって怪異たちも活性化し、襲いかかってくる。あまりの多さに、九尾神だけでは対処しきれなくなっていた。

義彦叔父さんはどうしてしまったのか。まさか今回の事件は、怪異との共存共栄を目指す義彦叔父さんが計画したものだった？

いいや、決めつけるのはよくない。今は儀式に集中しなければならないだろう。

神楽鈴でリズムを刻みながら、邪気祓いの呪文をひとつひとつ描いていく。

だが、一歩足を踏み込もうとした先に、怪異が現れた。

「――ッ!?」

『遥香には、手出しさせない!!』

ジョージ・ハンクス七世は演奏を止め、怪異に跳び蹴りを食らわせる。

マダム・エリザベスとの修行により習得したという、邪気祓いの一蹴りだ。攻撃を受けた怪異は勢いをなくし、小さくしぼんでいった。

「ジョージ・ハンクス七世、ありがとう」

『いや、気にするな。それよりも遥香、すまない。演奏は続けられそうにない』

「大丈夫。みんなを助けてあげて！」

『おうよ！』

切羽詰まるような状況の中、ようやく舞いが完成した。

円を描くように刻んだ呪文が光り輝く。春を知らせるような暖かな風が巻き上がり、中心から白く輝く刀が浮き出てきた。

刀身は半分くらい地面に埋まった状態で、動かなくなる。

「こ、これは!?」

邪気祓いの神刀なのだろうか？

てっきり完成させた呪文が邪気を祓うものだと思っていたのだが――。

『ぐおおおおお!!』

長谷川係長と対峙《たいじ》していた鬼面の義彦叔父さんが、こちらへ駆けてくる。

「させはしない!!」

長谷川係長が止めようとしたが、手にしていた檜扇を包丁で弾かれてしまう。

『邪魔!!』

義彦叔父さんはそう叫び、長谷川係長めがけて包丁を振りかざした。見ていられない。そう思った瞬間、聞き覚えのある叫びが響きわたる。

「――ちょっと待った!!」

包丁が振り下ろされる瞬間、ふたりの間に第三者が介入した。

それは、鬼退治の刀を手にした青年であった。

「桃谷君!?」

桃太郎の生まれ変わりである桃谷君が、長谷川係長を助けてくれたようだ。

「ど、どうしてここに？」

私の疑問に、桃谷君が戦いながら答えてくれる。

「この前永野先輩が、節分に浅草寺で豆まきイベントするって言っていましたよね。なんだか楽しそうだなって思ったのでやってきました」

「あ――！」

やいかがしを会社に設置した日、桃谷君と浅草寺にある鬼門について話したのを思い出した。あの時は軽く流していたように見えたが、私達を心配してやってきてくれたのだろう。

「この鬼は俺が引きつけておくので、長谷川係長と永野先輩は鬼門をどうにかしてください」

「わかった」

長谷川係長と共に、神刀がある場所へと駆けていく。

「遥香さん、これは？」

「神刀です。舞いを完成させたら出てきました。たぶんこれで邪気を祓うんだと思うのですが」

長谷川係長が手を伸ばした瞬間、刀から雷のようなものが爆ぜた。

「え、どうして!?」

「俺は鬼だから、触れられないということかな？」

「そんな！」

私が手を伸ばしても、先ほどのような反応はない。やはり、長谷川係長は鬼の血を引いているので、触れることもできないのだろうか？

「遥香さん、これ、引き抜ける？」

「やってみます」

私に引き抜けるのか。その前に、神刀は刃こぼれしていてボロボロだった。

こんな刀で邪気を祓えるのか不安になる。けれどもやるしかないだろう。

柄《つか》を握った瞬間、刀が強く光り始めた。ボロボロだった刃は、一瞬にして輝く刀身へと生まれ変わる。

光を纏《まと》った神刀は、周囲の邪気を瞬く間に祓っていった。

これならば、邪気を一気に祓えるだろう。

柄を引いて地面から引き抜いたが——思いがけない問題が立ちはだかる。

「お、重たっ!!」

三十キロ以上はあるだろうか。とにかく重たい。再び地面に突き刺してしまう。

「う、嘘……！」

せっかく神刀を手にしたのに、持ち上げられないなんて。

「遥香さん、一緒に刀を持ってみよう」

「え!?　大丈夫なんですか？」

「さあ？　わからないけれど、やるしかない」

先ほど長谷川係長が神刀に触れようとしたら、拒絶するように雷が弾けた。さらに触れたら、大変なことになるかもしれない。

「ここは、私がひとりでなんとかしま――」

神刀の鞘を握って再び引き抜いた。しかしながら、やはり重さに耐えきれずにふらついてしまう。

長谷川係長は私の腰を支え、手の上から鞘を握った。

神刀はバチン、バチンと音を鳴らし、火花まで散る。手のひらにズキズキと痛みが走った。

歯を食いしばって押し隠していたつもりだったが、長谷川係長にはお見通しだったようだ。

「ごめん、遥香さん、耐えて！」

私は痛みを感じるだけなのに、長谷川係長の手は雷に裂かれて引っ掻き傷のようなものができていた。

「一気に、片付ける！」

「は、はい！」

長谷川係長の覚悟を受け取る。神刀の柄を握り、かけ声と共に持ち上げた。

ひとりでは持ち上げられなかった神刀が、高く掲げられる。

「くっ!!」

だんだんと神刀の反抗する力も強くなっている。柄がガタガタと震え、拒絶反応を示しているようだった。それほど、長谷川係長と相性が悪いのだろう。

一刻も早く邪気を祓わないといけない。その思いを、神頼みするように叫んだ。

「邪気を、祓い給《たま》え――!!」

神刀が月の輝きを吸収したように光る。

闇の中に、光が舞い込んだ。光の粒が降り注ぎ、一瞬にしてその場の空気が変わっていく。

まるで、星々に囲まれるような幻想的な景色が広がっていった。

勢いは強くなっていき、辺り一面、光に包まれる。

視界が真っ白になった。あまりの眩《まぶ》しさに、目を閉じてしまう。

「遥香さん、たぶん、もう大丈夫」

「え、ええ」

そんな長谷川係長の声を聞き、そっと瞼を開いた。

いつの間にか、視界を真っ暗にしていた邪気は消えてなくなっている。全身暖かな光に包まれ、不安や恐怖なども感じない。

怪異たちも姿を消し、禍々しい雰囲気から解放された。いつもの浅草寺に戻ったようだ。

「上手く、いった、のでしょうか？」

「そう、みたい」

神刀は私達の手から消えてなくなり、長谷川係長はその場に片膝を突く。

「正臣君!!」

傷だらけの手を握り、癒やしの力を使う。あっという間に傷は塞がっていった。

「遥香さん、ありがとう。もう、大丈夫だから」

「具合は悪くないですか？」

「平気」

長谷川係長は私の手を借りて立ち上がる。

怪異たちもいなくなり、鬼面を被っていた義彦叔父さんはその場に倒れた。

それと同時に、鬼面が外れる。それを桃谷君が刀で両断した。

「義彦叔父さん!!」

駆け寄って安否を確認する。ぐー、ぐーと唸《うな》るような寝息を立てていた。

『遥香さん、義彦さんは、眠っているだけのようです』

「よ、よかった」

『ええ』

長谷川係長が鬼面を拾い上げ、裏を見せてくれた。

「これ、悪さをする付喪神が憑いていた鬼面だったみたい。封印のお札が剝げている」

「邪気の影響で、暴走してしまったのでしょうか？」

「たぶん」

義彦叔父さんの近くに落ちていた包丁は、柄に血濡れた包帯が巻かれていて、刃は黒ずんでいた。

この辺で販売されているような普通の包丁ではないだろう。

桃谷君はしゃがみ込んで包丁を覗き込む。

「うわあ、気持ち悪い包丁ですね。あっちの鬼面もですけれど、素手で触らないほうがいいですよ」

私達が鬼面と包丁を遠巻きにしていると、義彦叔父さんが目を覚ます。そして、よろよろとぎこちない動きで起き上がった。

「お、俺はいったい何を……!?」

『義彦さん！　あなたって人は！　なぜ、あのような鬼面を持ち歩いていたのですか！』

マダム・エリザベスは長谷川係長が手にしていた鬼面を指差しながら、怒りをこれでもかとぶつけた。

「あ、あの鬼面は、鬼から身を守るお守りとして、永野家の物置で保管されていたんだ！　暴れ回ったのも俺の意思じゃない！」

『そちらに転がる、古びた包丁も？』

「そう」

いったいなぜ、このような品が永野家の物置に保管されていたのか。義彦叔父さんもわからないと言う。

本家のマンションではなく、別に物置を借りて保管されていたものらしい。

「でも、いつ、これを取りに行ったか記憶にないんだ。締め切り前で、ほとんど寝ていなかったし」

万全ではない体調で、邪気の影響を大いに受けてしまったらしい。

「恥ずかしい話、独り身だから、幸せなカップルに対して嫉妬してしまってね」

会社のバレンタインイベントを実施するため、恋人達の仲むつまじいエピソードが書かれた資料を読み込んでいたらしい。それにより、精神的なダメージを負っていたようだ。

それに止《とど》めを刺したのが、今回の邪気騒動だったわけである。

ちなみに廃止と叫んでいたのはバレンタインデーのことらしい。バレンタインデーなんてなければいいのに、という心の叫びだったそうだ。

「その永野家の物置、今度詳しく調べたほうがいいかもしれない」

「そうですね」

話を終わらせようとした瞬間、九尾神がやってきて私達に注意を促した。

『おい、まだ終わりではないぞ！』

突然の九尾神の登場に、驚いたのは桃谷君だった。

「うわ、なんですか、その禍々しい神様は！」

「桃谷君、ごめん。今は見なかった振りをしていて」

「いいですけれど、今度ご褒美はくださいね」

それに応えたのは、長谷川係長だった。

「わかった。今度ラーメンを奢《おご》ってあげるから。チャーハンと餃子も頼んでいいよ」

「うわ、長谷川係長からのご褒美はいいです。永野先輩から欲しいんです！」

「何やて？」

「いや、なんでもないです」

長谷川係長の睨みが利いたのか、桃谷君は小さな声で「ラーメン楽しみだな」と切なげに呟いていた。

九尾神は私の胸に飛び込み、五重塔のほうを指差した。

『まだ、邪気の通り道は塞がっていない。このままでは、数時間で元通りになる』

「え、ええっ、そんな！」

鬼門から邪気の通り道を塞ぐ何かが、五重塔にあるはずなのだ。

三宝の上にいた白綿神が何か主張していた。

「白綿神、何かわかったの？」

『〝鬼の中の猿も一匹の浅草寺〟』

「え？」

『三層目に、鬼門除けの瓦、ある』

九尾神が確認に行くと言い、五重塔の上層部へ飛んでいく。

そこで何か発見したようだ。

『おい、この猿面の瓦、ヒビが入っているぞ！』

「そ、そんな！」

鬼門除けとして用いられていた猿面の瓦にヒビが入っていたために、鬼門を通って邪気が溢れてしまったのだろう。

「でも、どうすれば……！」

『大丈夫、だから』

そう答えたのは白綿神だった。綿のようなフワフワの体が宙に浮かび、五重塔のほうへと飛んでいく。

『おい、白綿神、何をするのだ？』

『ヒビを、塞ぐだけ』

『は!?』

白綿神は強い光を放ち——猿面の瓦にできたヒビの隙間に入り込んだようだ。

その瞬間、バチンと何かが弾けたような音が暗闇に響く。

シーン、と静まり返る中、九尾神の声がかすかに聞こえた。

『鬼門除けが、機能している。もう、邪気が広まることはないだろう』

白綿神が身を挺して、鬼門除けを復活してくれたようだ。

「え、嘘……。白綿神は？」

『あの場で、封印の要となる』

もう白綿神が戻らないと知り、悲しくなってしまう。いつの間にか白綿神はなくてはならない存在として、心の中に在ったようだ。九尾神もションボリしながら私に身を寄せる。そんな九尾神をぎゅっと抱きしめ、白綿神へ感謝した。

『遥香、問題は解決した。帰るぞ』

「うん……」

寂しい気持ちを引きずったまま、私達は家路に就いたのだった。

◇◇◇

浅草中に広がっていた邪気は、あっという間になくなったらしい。

邪気によって引き起こされた体調不良を訴える人々も、ひとり残らずいなくなったようだ。

すべては、鬼門除けを復活へ導いてくれた白綿神のおかげである。

白綿神がいない茶碗は、今も祭壇に置かれていた。

九尾神は時折、返事がないのに茶碗を突き、ぶつくさと文句を言っていた。

『そういう自己犠牲をかっこいいと思っておったのか？　まったく、くだらないにも程があるぞ！』

邪気によって起こった事件をきっかけに、白綿神はここにやってきた。

いつの間にか祭壇に馴染み、九尾神とも打ち解けていたのだろう。

フワフワに揺れる白綿神の姿がないと、私も物足りない気持ちになっていた。

『こうなったら、五重塔にいる白綿神を引き抜きに行こうか！　代わりに、罪深い人間でも詰め込んでおけばよいだろうが』

「怖いことを言わないで」

長谷川係長は白綿神のために、雷おこしを買ってきたようだ。

『おお、市販の雷おこしか！　我も味見してみようぞ！』

「白綿神のために買ってきたのに」

『ここにはおらぬ者に菓子など、必要ないだろうが！』

「また、そんなことを言って」

『…………』

そのとき、小さな声が聞こえた。

「え？」

「遥香さん、どうかしたの？」

「今、声が聞こえたんです。〝ふたりで、半分こしよう〟って」

間違いない、白綿神の声だ。

「いったい、どこにいるの？」

『ここ、ここだよ』

弱々しく小さな声――茶碗を覗き込むと、一口大にまで縮んだ白綿神の姿があった。

「あ、いた！　いました!!」

白綿神が取り憑いた茶碗を手に取り、みんなに見せる。

『おおおおお！　い、生きておったのか！』

「驚いた。もしかして、ずっとここにいたの？」

『いたよ』

なんでも、猿面の瓦のヒビに入り込んだのは、白綿神の一部だったらしい。核となる部分は、取り憑いた茶碗に残していたようだ。

分裂した当初は姿を現すことができず、茶碗の中で眠っていたらしい。

事件から数日経って、やっと形を保てるようになったと言う。

『おい、白綿神！　心配したではないか』

『うん、ごめんね』

九尾神は尻尾をぶんぶんと振りつつ、はしゃいでいるようだった。私も、二度とお喋りなんてできないと思っていたので、喜びで胸が満たされていく。

「白綿神、これからもよろしくね!」

『うん、よろしく』

新しい神様が正式に仲間入りし、私達の生活もより賑やかになりそうだ。

長谷川係長のお母さんに交際を反対されたり、永野家の物置に謎の鬼グッズがあったりと、すべてが順調というわけでもない。

けれども今、私は幸せだ。

長谷川係長を振り返ると、笑みを浮かべている。つられて、私も微笑んだのだった。

番外編

長谷川係長のバレンタイン

バレンタインデー――それは長谷川にとって、受難の一日である。

小学生時代から彼のもとには、食べきれないほどのチョコレートが届けられていたのだ。律儀な母親から、受け取った物の恩は返すように言われていたため、ホワイトデーの放課後は大変な思いをしていた。

いくつもの紙袋を手に、チョコレートをくれた者の家を一軒一軒訪問し、感謝の気持ちを伝える。その教えのせいで、女性から自分と同じように好意があると勘違いされたのは一度や二度ではない。

さすがに中学生になってからは、母親の言いつけなんか無視し、チョコレートを受け取るだけとなっていた。ただ、毎年ホワイトデーが訪れると、チョコレートを贈ってくれた者からの探るような視線に気まずい思いをしたのは言うまでもなかった。

高校は男子校を選んだものの、結局バレンタインデーから逃れられなかった。

他校からやってきた女子生徒だったり、電車で毎日見かけていたという大学生だったり、アルバイト先の常連客だったり――バレンタインデー当日には大量のチョコレートを持ち帰る始末だったのだ。

貰《もら》ったチョコレートは、すべて甘党の父親に渡していた。一応、手作りの物は食べないようにと伝えていたが、食べ物を粗末にしたくないという理由ですべて食べていたらしい。長谷川は謎の腹痛に苦しむ父親を見ながら、内心「言わんこっちゃない」と思っていた。

大学時代ともなれば、バレンタインデー当日は家に引きこもるという手段で乗り切る。ひとり暮らしを始めていたため、母親から小言を言われることもない。

バレンタインデー当日、異性に接近されないというのは、こんなにも快適なのか。長谷川は感動で打ち震えていた。ただ、父親から「チョコレートは？」という連絡がきたため、通販で購入したものを五つほど送った。

母親から、父がチョコレートを喜んで食べていたという報告が届いたときには、盛大に脱力してしまった。息子が選んで購入したバレンタインデーのチョコレートを、嬉しそうに食べる父親など他にいないだろう。

ただそれは、バレンタインデーの愉快な出来事のひとつだったかもしれない。

長谷川がバレンタインデーから解放されたのは、大学時代の四年間だけだった。就職し、会社に所属すると、再びバレンタインデーから逃れられなくなってしまう。デスクにはチョコレートの箱が積み上げられ、待ち伏せする女性社員からチョコレートを差し出され、挙げ句の果てに娘からだと言って上司からもチョコレートを受け取っていた。社会人ともなれば、中学時代や高校時代のようにチョコレートを受け取るだけというわけにもいかない。毎年、ホワイトデーにはお返しが入った袋を両手に出勤していた。

誤解がないよう、慎重に接していても、好意を返されたと勘違いする人はいた。勝手に交際していると吹聴《ふいちょう》され、頭を抱えたことは一度や二度ではなかった。

バレンタインデーなんて滅びてしまえばいい。それが、長谷川の本音だった。

と、これまでのバレンタインデーへの恨み、辛みが甦《よみがえ》ってしまったのは、桃谷の一言が原因である。

「長谷川係長はいいですよねえ。バレンタインデー、たくさんチョコレートが貰えますし」

バレンタインデーについて考えただけで、気分が悪くなってしまう。それなのに、桃谷はチョコレートが貰えて羨ましいなどと言った。

「俺よりも桃谷君のほうが、たくさんチョコレートを貰えるんじゃない？」

「いや、それがぜんぜんなんですよ」

「へえ、意外だね」

「女性側から愛を伝えるイベントなんて他にないですからね。渡すならば、ド本命なんですよ。俺みたいなおちゃらけた男は、本命に選ばれにくいんです」

「そうなんだ」

適当に相手にされているのに桃谷は気づいたようで、核心を突いてくる。

「あ、わかりました。長谷川係長は、子どもの時からチョコレート貰い過ぎて、ウンザリしているタイプなんですね。それ、贅沢な悩みなんですよ」

バレンタインデー当日に大量のチョコレートを持ち帰り、相手へのお返しについて考えることの、どこが贅沢な悩みなのか。

腹立たしい気持ちになる。けれども、感情を剝き出しにしたら負けだと思っているので、必死に怒りを抑え込んだ。もうこの話は終わりだ。そう思って踵を返そうとしたら、桃谷がとんでもない発言を口にする。

「永野先輩、聞きました？　長谷川係長ってバレンタインが大嫌いで、ウンザリしているみたいです。義理チョコでも渡さないほうがいいですよ。ご機嫌を損ねてしまうので！」

桃谷はわざわざ遥香のほうへ行き、大げさな様子で話している。

遥香は長谷川の視線に気づくと、苦笑いしていた。

後頭部を殴られたような、大きな衝撃に襲われる。

よく知りもしない人からチョコレートを受け取るのは億劫《おっくう》だが、世界でただひとりだけの、心から愛する恋人からは別だ。

遥香が用意したチョコレートは猛烈に欲しい。

正直、生まれて初めて、バレンタインデーというものを楽しみにしていたのだ。

当然、貰えるものだと思っていたのに、桃谷の余計な一言によって潰されてしまう。

どうしてこうなったのかと、内心頭を抱え込む。

何もかも桃谷のせいだが、表情にバレンタインデーへの嫌悪を滲ませていた自分も悪い。

自業自得なのだと思うようにした。

帰宅後――遥香の態度はごくごく普通だった。

桃谷が言っていたバレンタインデーについて、話題にしようとしない。

もしも聞いてくれたら、弁解ができたのに……。

自分から蒸し返すのもどうかと思う。それに、バレンタインデーにチョコレートが欲しいと思うなど、浅ましいとしか言えない。

そもそも、バレンタインデー用にチョコレートを用意するなど、女性側にとっては負担だろう。

これでいいのかもしれない、と長谷川は考えていた。

しかしながら数日後、耐えがたいような場面を目撃してしまう。

それは、遥香とのんびり過ごす休日の話であった。

いつものように九尾神が遥香に存分に甘え、甘い物を要求する。それはこれまでによく見かけるものだったが、今回は違った。

『遥香、もうすぐ〝ばれんたいんでー〟らしいな』

「うん、そうだね」

『〝ちょこれーと〟とやらを贈る行事のようだが、我も遥香が作った物が欲しいぞ！』

「いいよ」

雷に打たれたような衝撃を受ける。

九尾神はいともあっさり、遥香からチョコレートを貰えることとなった。

この流れに乗って自分も欲しいと言えば作ってくれるだろう。

けれども、九尾神に便乗する形で貰いたくはなかった。

奥歯を噛みしめ、悔しい気持ちを押し殺す。

そんな長谷川に気づいたのか、九尾神はにやりとほくそ笑んでいた。

心の中を読んだのだろうか？　腹立たしく思ってしまう。

そもそも、九尾神は遥香に密着しすぎだった。愛らしい見た目をこれでもかと利用している。

睨みつけると、九尾神はさらに笑みを深めていた。

一生わかり合えないと思う長谷川であった。


日に日にバレンタインデーが近づいてくる。

長谷川の憂鬱《ゆううつ》に拍車がかかっていたが、思いがけないお触れが回ってきた。

それは木下課長による、バレンタインデーのチョコレートの配布を遠慮してほしいという訴えだ。

なんでも長年、ホワイトデーのお返しを妻に任せていたらしい。それが負担だと言われてしまったようだ。

妻の顔を立てると思って協力してほしいと頭を下げている。長谷川は内心、拍手喝采した。

ただ、純粋にバレンタインデーを楽しみにしている人達もいるだろう。そういう人達を規制するつもりはない。単に、義理で渡すチョコレートを廃止しようという話だった。

上司のおかげで、バレンタインデーに希望が見えてきた。

長谷川はこれまでにないくらい、前向きな気分になっていた。

そんな中、彼はピンと閃く。自分のほうから、バレンタインデーに遥香へ贈り物をすればいいのだと。

何を贈ろうか、わくわくしながら考えていたら、桃谷が声をかけてくる。

「長谷川係長、嬉しそうですね。木下課長がバレンタイン禁止令を出したのが、そんなに嬉しかったんですか？」

「そんなことないよ」

桃谷の手に乗るものかと無表情を装う。

「俺、永野先輩にチョコレートちょうだいって言いました」

「へえ、そう」

「あ、今日はポーカーフェイスを貫くんですね」

なんでも遥香と仲がいい杉山が、遥香にチョコレートをねだっていたらしく、便乗したようだ。

遥香は優しいので断れなかったのだろう。

「長谷川係長も、いい加減素直になってチョコレートくださいって言ったほうがいいですよ」

「心配しなくても大丈夫。バレンタインは女性から男性へチョコレートを贈るって決まっているわけではないからね」

海外では男性から女性に花束やアクセサリーなどの贈り物を捧げ、愛を伝える日という認識である。性別に関係なく、贈り物をあげる国もあると聞いた覚えがあった。日本のように、女性から男性へチョコレートを贈るという習慣は珍しいのだ。

「いつの間にか、開き直っていたんですね」

「おかげさまで」

想定していた反応を引き出せなかったからか、桃谷は引き下がっていく。

長谷川は彼について、一生わかり合えないと改めて確信してしまった。

◇◇◇

ついに迎えるバレンタインデー当日。

上機嫌でいたものの、遥香が桃谷や杉山にチョコレートを渡す場面を目撃してしまう。

「永野先輩、ありがとうございまーす」

「チョコレートだ！　やった！」

嫌なところに出くわしてしまったものだ。そう思って踵を返そうとしたが、桃谷の絶叫を聞いて足を止める。

「うわー、これ、手作りチョコじゃないです！　ファミリーパックのチョコレートを、百均で買った袋に入れただけの、お母さん特製っぽい、義理義理の義理チョコですよ！」

失礼な物言いをする桃谷に、杉山が鋭く指摘する。

「桃谷、これ、一応高級チョコだよ。百均のラッピングなのは間違いないけれど」

ふたりのやりとりを聞いた長谷川は、我慢しきれずに笑ってしまった。

正直、遥香から手作りのチョコレート菓子を受け取れる桃谷や杉山に嫉妬していたわけだが、まさかの結末だった。

桃谷の落胆した表情は見物である。スカッとしてしまった。

仕事が終わると、素早くフロアをあとにする。待ち構えている女性社員がいたものの、気づかない振りをして通り過ぎる。

内心申し訳ないと思ったものの、受け取ったら大変なことになる。心を鬼にして、退社したのだった。

フラワーショップで予約していた薔薇《ばら》の花束を受け取る。そのまま手で持ち帰るものだと思っていたが、専用の紙袋に入れてくれた。

バレンタインの贈り物を手に、マンションへと帰る。

扉を開くと、甘いチョコレートの香りが漂ってきた。

これはいったい？　などと考えている間に、エプロンをかけた遥香がやってきて、笑顔で出迎えてくれる。

「正臣君、おかえりなさい」

「ただいま」

「今、チョコブラウニーを焼いているんです。なんだか食べたくなって。正臣君も一緒に食べません？」

首を傾げながら、可愛らしく聞いてくる。もしや長谷川が気を遣わないように、自分が食べたいから焼いたと言っているのか。だとしたら、あまりにも健気《けなげ》で可愛い。

我慢できず、長谷川は玄関で薔薇の花束を遥香に差し出す。

「今日、バレンタインデーだから、遥香さんにと思って」

「わ、私にですか!?」

たった五本の、ささやかな花束である。たくさん活《い》けられる花瓶がないので、これくらいの本数がいいと思ったのだ。

「きれい……！　嬉しいです」

「喜んでもらえてよかった」

遥香は花束を手にした状態で、長谷川に抱きついてきた。ぎゅっと抱き返し、最高のバレンタインデーだと実感する。

「そういえば、桃谷君と杉山さんへのチョコレートを作っていたような気がしたけれど、どうしたの？」

「実は、九尾神が全部食べてしまったんです」

「そういうことだったんだ」

「大変だったんですよ。朝からチョコレートを用意するのは」

苦労して準備したのに、桃谷から酷い言われようだった。遥香はバレンタインデーは本当に面倒くさいと零す。

「でも、チョコブラウニーを作ったのは楽しかったです」

「そう」

オーブンレンジの音が鳴る。どうやら、チョコブラウニーが焼けたようだ。

夜——長谷川は遥香特製のチョコブラウニーを頬張る。

生地はしっとりしていて、チョコレートは甘さ控えめだった。

「うん、おいしい」

「よかったです」

テーブルには長谷川が贈った五本の薔薇が飾られていた。

その意味は、〝あなたに出会えて、心から嬉しく思います〟。

薔薇の本数に隠されたメッセージなど、遥香は気づいていないだろう。

「正臣君、どうかしました?」

「なんでもない」

遥香は長谷川の本心に気づかなくてもいい。傍にいるだけで幸せだ。そんなことを思いつつ、楽しいバレンタインデーを過ごしたのだった。

――本書のプロフィール――

本書は書き下ろしです。

小学館文庫

浅草《あさくさ》ばけもの甘味祓《かんみばら》い

～兼業陰陽師《けんぎょうおんみょうじ》だけれど、鬼上司《おにじょうし》と豆《まめ》まきをします～

著者　江本《えもと》マシメサ

二〇二二年九月十一日　初版第一刷発行

発行人　石川和男
発行所　株式会社 小学館
〒一〇一-八〇〇一
東京都千代田区一ツ橋二-三-一
電話　編集〇三-三二三〇-五六一六
　　　販売〇三-五二八一-三五五五
印刷所――――――図書印刷株式会社

ISBN978-4-09-407178-8